# LLWYBRAU CUL

## Mared Lewis

Gomer

# LLWYBRAU
# CUL

Cyhoeddwyd yn 2018 gan
Wasg Gomer, Llandysul, Ceredigion SA44 4JL
www.gomer.co.uk

ISBN 978 1 78562 238 0

Dymuna'r cyhoeddwyr gydnabod cymorth ariannol
Cyngor Llyfrau Cymru.

Argraffwyd a rhwymwyd yng Nghymru gan Wasg Gomer,
Llandysul, Ceredigion SA44 4JL

# LLWYBRAU CUL

Ar ôl i sŵn y glec fawr orffen atseinio i fyny ac i lawr y
lôn fach gul a thros y caeau gwyrdd, roedd pob man yn
ddistaw. Yn fwy distaw na distaw. Fel tasai'r byd yn dal ei
wynt. Ac yn aros.
Daeth tylluan o rywle a hedfan dros olygfa'r ddamwain,
fel seren wib wen yn erbyn düwch y nos, cyn diflannu yn
ôl i eistedd mewn coeden gerllaw, ac edrych.
Yn araf, daeth ochenaid y metal o'r ceir i dorri ar yr awyr.
Ceir, wedi eu clymu efo'i gilydd mewn un goflaid oer.

| | |
|---|---|
| clec – *sharp sound* | gerllaw – *nearby, near* |
| atseinio – *to echo* | ochenaid – *sigh* |
| tylluan – *owl* | clymu – *to tie* |
| seren wib – *shooting star* | coflaid – *embrace, hug* |
| düwch – *blackness* | |

# PENNOD 1
# ALFAN

Edrychodd Alfan o'i gwmpas ar ôl cerdded i mewn i'r siop. Roedd hi'n siop roedd o wedi bod ynddi o'r blaen, unwaith o'r blaen. Pan oedd pethau'n wahanol. Pan oedd Alfan yn wahanol.

Roedd y siop yr un fath, fwy neu lai. Roedd ambell beth wedi cael ei symud, er mwyn creu mwy o le wrth ymyl y drws. Sylwodd Alfan fod yna fwy o silffoedd hefyd, a'r rheiny'n nes at ei gilydd fel bod y lle i symud rhwng pob silff yn fwy cul. Fe ddylai hynny wneud pethau'n haws, meddyliodd.

Dechreuodd ei galon guro'n gyflymach, a daeth rhyw lwmp mawr i'w wddw fel ei fod yn teimlo ei fod yn tagu. Ond chymerodd neb arall fawr o sylw ohono, heblaw am y ddynes tu ôl i'r cownter. Yr un ddynes oedd yn gweithio yma pan fuodd o yma o'r blaen. Edrychodd i fyny o'i chylchgrawn pan ddaeth i mewn, a gwenu arno cyn parhau i ddarllen. Diwrnod fel pob diwrnod arall oedd hwn iddi hi.

---

**tagu** – *to choke, to cough*    **sylw** – *attention*

Cymerodd Alfan anadl i mewn a dechrau cerdded i ben draw'r siop.

Roedd un neu ddau gwsmer arall yn y siop, ac edrychodd Alfan i fyny ar y drych lleuad mawr oedd yn y gornel bellaf. Pwrpas y drych oedd gwneud i'r person tu ôl i'r cownter fedru gweld pob twll a chornel o'r siop – pan oedd hi'n medru cael cyfle i edrych arno rhwng helpu cwsmeriaid. Camodd Alfan yn ôl am funud i gael cipolwg iawn ar y ddynes. Roedd hi'n edrych allan drwy'r ffenest â golwg freuddwydiol arni. Yna trodd ei phen ac edrych ar Alfan. Gwenodd arno eto. Gwenodd Alfan yn ôl. Eto.

Suddodd ei galon. Doedd o ddim yn mynd i fedru gwneud hyn. Doedd o ddim yn mynd i fedru. Er ei bod hi'n eitha oer tu allan, roedd hi'n boeth iawn yn y siop, a theimlai Alfan yn chwyslyd o dan ei gôt fawr.

Fedra i ddim gwneud hyn, meddyliodd eto. A cheisiodd beidio â chymryd sylw o'r hen deimlad gwag oedd yng ngwaelod ei fol. Teimlad gwag rhywun oedd ddim wedi bwyta dim byd ers amser cinio ddoe oedd o. 'Dw i am gerdded allan o'r siop, gwenu'n ddel ar y ddynes, a mynd 'nôl allan i'r stryd,' meddai, gan obeithio bod dweud be oedd o'n mynd i'w wneud yn ei ben fel yna yn mynd i fod o help.

Yna, mi ddigwyddodd. Neidiodd o'i groen pan glywodd sŵn y tuniau yn syrthio i'r llawr. Meddyliodd am eiliad mai arno fo oedd y bai. Ond pan glywodd y plentyn bach

| | |
|---|---|
| **anadl** – *breath* | **breuddwydiol** – *dreamy* |
| **drych** – *mirror* | **suddo** – *to sink* |
| **cipolwg** – *glance, glimpse* | **chwyslyd** – *sweaty* |

yn crio a'r fam yn rhoi ffrae i'r bychan am fod mor ddiofal, ymlaciodd am eiliad. Doedd o ddim yn medru gweld yr halibalŵ achos roedd y fam a'i phlentyn yr ochr arall i'r silffoedd uchel. Yna ymhen eiliadau, clywodd lais arall, llais dynes y cownter yn ceisio cysuro'r plentyn a'r fam, yn dweud bod pob dim yn iawn, bod pethau fel hyn yn digwydd bob dydd yn y siop. Ond roedd y plentyn yn dal i grio, a'r fam yn dal i ffysian.

Cyn pen dim, roedd Alfan wedi gafael yn y peth agosaf ato ar y silff wrth ei ymyl. Stwffiodd y tun rhwng y botymau oedd ar agor yn barod yn ei gôt, cyn estyn ymlaen a gafael mewn paced o fisgedi siocled. Roedd o ar fin rhoi'r rheiny hefyd o dan ei gôt pan glywodd lais wrth ei ymyl.

'Wyt ti'n siŵr dy fod ti isio gneud hynna?'

Suddodd ei galon eto. Cododd ei ben ac edrych i fyw llygaid perchennog y llais. Dynes dal mewn côt lliw hufen at ei thraed oedd hi. Roedd ei gwallt melyn hir yn syrthio yn donnau o gwmpas ei hysgwyddau. Roedd oglau drud ar ei phersawr. Ac roedd hi'n gwenu arno.

'G...gneud b...be?' dechreuodd Alfan brotestio. 'Dw i ddim yn gwbod be ...'

Ond gwenu hyd yn oed yn fwy llydan wnaeth y ddynes, ac estyn un llaw allan. Roedd ganddi fodrwy aur anferth ar ei bys canol.

| | |
|---|---|
| **ffrae** – *row, argument* | **perchennog** – *owner* |
| **cysuro** – *to comfort* | **persawr** – *perfume* |
| **edrych i fyw llygaid** – *to look directly into the eyes* | **llydan** – *wide* |
| | **estyn** – *to reach* |

'Bryna i nhw i chdi. Ty'd â nhw i mi.'

Dal i syllu ar y ddynes wnaeth Alfan am eiliad, yna rhoddodd ei law i mewn i'w gôt a dod â'r nwyddau allan.

'Dyna ni,' meddai'r ddynes.

Doedd o erioed wedi teimlo cymaint o embaras. Fel plentyn ysgol wedi cael ei ddal yn dwyn afalau.

Caeodd ei gôt yn frysiog a dechrau cerdded oddi yno. Doedd o ddim yn medru dioddef hyn, y sefyllfa annifyr yma. Roedd yn rhaid iddo fynd allan.

'Rhywbeth arall ti isio? Tra bo ni yma?'

Y funud honno, ymddangosodd dynes y siop wrth eu hymyl. Doedd Alfan ddim wedi sylwi tan rŵan fod y siop yn ddistaw, a'r plentyn bach swnllyd a'i fam wedi hen adael.

'Pob dim yn iawn?' gofynnodd yn glên. 'Ydach chi wedi ffendio pob dim dach chi isio?'

'Do, tad,' meddai'r ddynes dal, gan edrych yn gwrtais ar ddynes y siop, cyn troi at Alfan eto. 'Oes 'na rywbeth arall dan ni angen, Phil?'

'Na ... nag oes,' meddai Alfan, a rhoi gwên frysiog i ddynes y siop.

'Dan ni'n iawn, diolch. Dim ond talu felly. Diolch!' meddai'r ddynes dal gyda hyder rhywun oedd yn dweud y gair 'talu' fel unrhyw ferf arall yn y byd.

---

| | |
|---|---|
| **nwyddau** – *goods* | **annifyr** – *uncomfortable* |
| **brysiog** – *hasty, hurried* | **hyder** – *confidence* |
| **sefyllfa** – *situation* | |

# PENNOD 2
# ALFAN

Daeth haul gwan gwanwyn cynnar i wenu ar y stryd pan ddaeth Alfan a'r ddynes dal allan o'r siop. Ond roedd y gwynt yn fain o hyd, a'r bobl oedd wedi picio allan o'r swyddfa i nôl cinio yn gorfod symud yn gyflym, a gafael yn dynn yn eu cotiau rhag yr oerni.

'Phil!' meddai Alfan.

'Hmm, ia, sori. Dyna'r enw cynta ddaeth i'n meddwl i,' meddai'r ddynes dal. 'Am bo chdi wrthi'n llenwi dy bocedi ella?'

Chwarddodd y ddynes ar ei jôc wael, ond wnaeth Alfan ddim ymuno.

Wnaeth o ddim cynnig ei enw iawn iddi.

Symudodd ei bwysau o un droed i'r llall i geisio cadw'n gynnes. Ac roedd o'n rhoi rhywbeth iddo ei wneud ac yntau'n teimlo'r fath embaras.

Fel tasai hi'n deall hynny, rhoddodd y ddynes y bag

---

main – *biting (of wind)*      **chwarddodd** – *he/she laughed*
oerni – *cold(ness), chill*

plastig o'r siop i Alfan. Derbyniodd y bag, a nodio ei ben, gan geisio osgoi ei lygaid.

'Dyna ti. Dw i'n trio peidio prynu bagia plastig fel arfer, ond ... y tro yma, wel ...' meddai.

'Diolch,' meddai Alfan. 'Mi fydd o'n handi. Y bag.'

'Dyna o'n i'n feddwl. Da iawn.'

Safodd y ddau am eiliad neu ddau wedyn, heb wybod yn iawn be i'w ddweud.

Pam na wneith hi jest mynd, meddyliodd Alfan. Mae hyn i gyd yn ddigon chwithig fel mae hi!

'Sori ... am ... wel, hynna i gyd, yn y siop. Dwn i'm be ddaeth dros fy mhen i. Wneith o ddim digwydd eto. Dydy o ddim wedi digwydd o'r blaen chwaith, dw i jest ...'

'Cau dy geg!' meddai llais bach Alfan yn ei ben. 'Cau dy geg a jest cerdda i ffwrdd!'

'Ti isio coffi?' gofynnodd y ddynes dal, a gafael yn dynnach yn ei chôt ddrud. 'Dw i'n gwbod am le bach lawr y lôn sy'n gneud y Mochachinos gora'n y dre!'

'Na, mae'n iawn, dw i jest am ...'

'Apwyntiad sgin ti, ia? Neu angen mynd 'nôl i dy waith?'

Edrychodd Alfan arni. Roedd hi'n dal i wenu, ond roedd rhyw hen sglein bach rhyfedd yn ei llygaid. Roedd y ddau ohonyn nhw'n deall y gêm yn rhy dda.

'Dw i'n cyfarfod rhywun,' meddai Alfan, a'r celwydd yn llithro mor hawdd o'i wefusau.

'O, reit. Sori,' meddai'r ddynes. Roedd hi'n edrych yn siomedig, a theimlodd Alfan braidd yn euog. Wedi'r

---

| | |
|---|---|
| **osgoi** – *to avoid* | **sglein** – *shine, sheen* |
| **chwithig** – *awkward, clumsy* | **llithro** – *to slip* |
| **apwyntiad** – *appointment* | **euog** – *guilty* |

cyfan, roedd hi wedi achub ei groen yn y siop gynnau. Y peth lleia y gallai o'i wneud fasai mynd am banad efo hi! A beth bynnag, roedd y syniad o banad o goffi cynnes hufennog mewn cwpan iawn yn gwneud i'w fol wneud sŵn.

'Ond ... mae gen i amser am goffi, ella. Un bach sydyn.'

'I'r dim!' gwenodd y ddynes yn ôl, ac yna meddai'n bryfoclyd, 'Ond ma' rhaid i mi gael gwbod dy enw di gynta. Fydda i ddim yn arfer mynd am goffi efo dynion heb wbod eu henwau nhw!'

'Alfan,' meddai yntau, a difaru'n syth ei fod o wedi rhoi ei enw iawn. Roedd o'n dwp! Doedd o ddim wedi arfer yn iawn efo'r bywyd yma eto, yn amlwg.

'Siwan dw i. Mae enw cynta'n ddigon, tydy? Am y tro. Pwy sydd isio ail enw, 'te, Al?'

Ddwedodd Alfan ddim byd yn ôl.

'Reit, awn ni am goffi bach, 'ta, ia? Rŵan bod ni'n nabod ein gilydd?'

Nodiodd Alfan ei ben, a dechrau cerdded i'r un cyfeiriad â hi, gan afael yn dynn, dynn yn ei fag plastig.

---

| | |
|---|---|
| **achub ei groen** – *to save his skin* | **i'r dim** – *perfect* |
| **gynnau** – *a short while ago* | **pryfoclyd** – *provocative* |
| **hufennog** – *creamy* | **difaru** – *to regret* |

# PENNOD 3
# SIWAN

Roedd hi mor hawdd. Fel dal pysgodyn mewn rhwyd. Gosod yr abwyd ar y bachyn a … dyna ni.

Lwc llwyr oedd bod Siwan wedi digwydd pasio heibio'r siop a chofio ei bod hi angen prynu reis ar gyfer swper heno. Doedd hi ddim fel arfer yn coginio yn ystod yr wythnos, a hithau mor brysur efo'i gwaith, ond roedd hi'n ffansïo gwneud rhywbeth gwahanol heno. A dyna ffodus ei bod hi wedi mynd i mewn i'r siop a'i weld o.

Doedd o ddim yn edrych yn rhy ofnadwy, chwarae teg. Nac yn drewi fel mae rhai ohonyn nhw'n drewi ar ôl bod ar y strydoedd am fisoedd, blynyddoedd weithiau. Roedd yr oglau wedi bod yn ei phoeni braidd bob tro roedd hi'n meddwl am y cynllun ynghanol nos. Sut oedd hi'n mynd i fedru mynd yn ddigon agos at un ohonyn nhw i sefyll wrth ei ymyl, heb sôn am siarad efo fo!

Ond doedd dim rhaid iddi boeni efo hwn. Doedd o ddim wedi bod ar y stryd yn ddigon hir. Oedd yn arwain efallai

---

| | |
|---|---|
| **rhwyd** – *net* | **drewi** – *to stink* |
| **abwyd** – *bait* | **cynllun** – *plan* |
| **bachyn** – *hook* | |

at broblem arall, meddyliodd Siwan wrth wthio drws y caffi ar agor a cherdded i mewn, ac 'Alan' (dyna ddwedodd o oedd ei enw?) yn dod i mewn ar ei hôl. Os oedd o wedi bod ar y stryd am ddim ond ychydig nosweithiau, oedd o'n ddigon desbret i gytuno i'w chynllun?

'Reit, be gymri di? Ti am drio'r Mochachino?' gofynnodd Siwan, gan droi at y boi, oedd yn edrych yn nerfus o'i gwmpas, fel tasai arno ofn i rywun ei nabod.

'Gymra i banad. Panad o de normal. Plis. Dim y blwmin stwff persawr ponsi yna,' meddai dan ei wynt.

Chwarddodd Siwan yn uchel, gan ddenu sylw cwsmer neu ddau wrth wneud.

'Earl Grey! Na, sgen inna ddim llawer i'w ddeud wrth hwnnw, chwaith! Fel yfad dŵr lafant, tydy!'

Cytunodd yr hogyn, ac roedd y ddau yn dawel am eiliad cyn i Siwan lenwi'r bwlch eto.

'Cofia di, dw i'n medru ymdopi efo jin unrhyw flas dan haul! Riwbob, eirin tagu, mafon ...'

Penderfynodd Siwan gau ei cheg, gan nad oedd gan Alfan ddiddordeb mewn jin na dim byd arall yn ôl ei olwg o. Ond roedd o siŵr o fod yn hoff o stwff caled hefyd. Roedd y teip yma i gyd yr un fath. Os nad oedden nhw'n alcoholics cyn dechrau byw ar y stryd, doedd hi ddim yn cymryd yn hir iddyn nhw droi'n alcoholics wedyn!

'Dos di i eistedd. Mi ddo i â'r banad draw i ni,' meddai Siwan yn glên.

| | |
|---|---|
| **gwthio** – *to push* | **eirin tagu** – *sloes* |
| **denu sylw** – *to attract attention* | **yn ôl ei olwg o** – *by the looks* |
| **lafant** – *lavender* | *of him* |
| **ymdopi** – *to cope* | |

Fe wnaeth y boi hynny, a safodd Siwan yn y ciw. Roedd hyn yn rhoi amser iddi hel ei meddyliau at ei gilydd. Sut oedd hi'n mynd i godi'r pwnc mewn ffordd naturiol? Doedd hi ddim isio ei ddychryn i ffwrdd drwy fod yn rhy amlwg. Os oedd ganddi hi un gwendid yn y byd, yna bod yn rhy amlwg oedd hwnnw, efallai, neidio i mewn heb feddwl. Ond roedd hi wedi dysgu'r grefft o fod yn fwy gofalus efo beth oedd hi'n ei ddweud ac yn ei wneud yn ddiweddar, yn doedd?

Bum munud yn ddiweddarach, roedd hi'n deimlad braf gweld wyneb yr hogyn wrth iddi roi'r bastai ham, caws a chennin o'i flaen, a'r mwg yn codi o'r plât cynnes. Roedd o'n deimlad newydd i Siwan.

Chwarae teg i'r boi, dechreuodd brotestio.

'Fedra i ddim cymryd hwn ... Doedd dim isio i chi ...'

Ysgwyd ei phen wnaeth Siwan, a chwifio ei llaw. 'Croeso, siŵr. Meddwl bo nhw'n edrych yn neis wnes i ... a ... meddwl ella bo chdi isio bwyd.'

Edrychodd y ddau i fyw llygaid ei gilydd.

'Diolch,' meddai'r hogyn o'r diwedd, a dechreuodd fwyta, yn betrusgar i ddechrau, ac yna yn fwy brwdfrydig. Roedd oglau da iawn yn codi o'r bastai.

Ddwedodd Siwan ddim gair tan ar ôl iddo orffen.

'Neis?' gofynnodd.

'Lyfli ... bendigedig ... Diolch,' meddai a sychu ei geg efo'r *serviette* gwyn oedd ar y bwrdd.

'Pryd oedd y tro dwetha i ti ga'l bwyd?' gofynnodd

| | |
|---|---|
| **amlwg** – *obvious* | **cennin** – *leeks* |
| **gwendid** – *weakness* | **chwifio** – *to wave* |
| **crefft** – *craft* | **petrusgar** – *hesitant, cautious* |

Siwan yn araf, gan gymryd llymaid gofalus o'i Mochachino poeth.

Rhoddodd y boi ei gwpan de i lawr, ac edrych arni.

'Bora 'ma,' meddai, yn amddiffynnol. Ond roedd y ddau ohonyn nhw'n gwybod bod hyn ddim yn wir.

'Gwranda, Alfan ... Ga i dy alw di'n Al?'

Nodiodd Alfan ei ben.

'Does dim rhaid i ni drio cogio ... Yli, Al, dan ni'n dallt y sgôr.'

Cododd Alfan ei gwpan a chymryd llymaid arall o'r te cyn siarad eto.

'Dw i'n mynd drwy gyfnod ... anodd. Ma' petha wedi bod yn ...'

'Anodd, ydyn, dw i'n siŵr ...'

Synnodd Siwan ei hun wrth glywed ei llais. Roedd hi'n swnio'n sensitif iawn, fel tasai ots ganddi hi amdano fo!

'Ydyn,' meddai Alfan, ac edrychodd i lawr ar y bwrdd. Yna cododd ei ben.

'Dw i 'di bod yn anlwcus, dyna'r cwbl,' meddai. 'Ma'n medru digwydd i rywun ...'

'Tri cham.'

'Sori?'

'Tri cham ydy pawb, meddan nhw. O fod yn ...'

'Cysgu ar y stryd?'

'Ia.'

Atebodd o ddim, dim ond edrych arni hi a chodi ei 'sgwyddau. Doedd hi ddim wedi disgwyl gweld yr embaras

---

| | |
|---|---|
| **llymaid** – *a draught, a mouthful* | **yli** – *look* |
| **amddiffynnol** – *defensive* | **synnu** – *to surprise, to be* |
| **cogio** – *to pretend* | *astonished* |

yn ei lygaid. Doedd hi ddim wedi disgwyl i hynny wneud iddi deimlo mor annifyr.

Yna'n sydyn, cododd ar ei draed.

'Ylwch, Siwan ... Diolch am ... fy helpu i, yn y siop. A diolch am y bwyd. Ond rhaid i mi fynd rŵan.'

Gafaelodd yn y bag plastig a gosod y gadair yn daclus o dan y bwrdd. Roedd hwn yn gwybod sut i ymddwyn. Roedd ei *etiquette* yn berffaith. Basai hynny'n handi iawn.

'Dw i isio gofyn rhywbeth i ti.' Dyna fo. Roedd hi wedi dweud y geiriau.

'Sgen i ddim mwy i ddeud. Dw i 'di deud diolch, dw i ...'

'Plis? Dy dro di ydy hi i fy helpu i rŵan, Al. Wnei di fy helpu i?'

---

**ymddwyn** – *to behave*

# PENNOD 4
## ALFAN

'Al' roedd hi'n ei alw. Roedd hynny'n ei siwtio'n iawn, yn gwneud iddo deimlo ei fod o'n rhywun arall. Bod hyn yn digwydd i rywun arall.

Ond beth bynnag roedd hi'n ei alw, roedd Alfan yn gwybod ei bod hi'n gweld yn syth drwyddo fo, yn medru gweld pa mor desbret oedd o. Hynny oedd yn troi ei stumog fwya – fod pobl mor agored am y ffordd roedden nhw'n ei fesur wrth edrych arno yn eistedd ar y stryd, eu bod yn meddwl eu bod yn gwybod ei hyd a'i led.

Wedi dweud hynny, hi oedd yn gofyn am rywbeth ganddo fo rŵan. Yn meddwl ei bod yn medru gofyn unrhyw beth am ei bod hi wedi achub ei groen o gynnau, ac wedi prynu bwyd iddo.

Eisteddodd eto am funud, ond wnaeth o ddim rhoi ei goesau dan y bwrdd fel tasai o'n aros. Doedd o ddim yn brysio i ateb, ond edrychodd arni, a mwynhau'r teimlad fod ar rywun ei angen o.

---

**troi ei stumog** – *to turn his/her stomach*

**gwybod ei hyd a'i led** – *to know the extent of him/it*

'Sut ti'n meddwl fedra *i* dy helpu *di*?' gofynnodd Alfan.

Gwenodd Siwan. Gwên rhywun oedd wedi arfer cael ei ffordd ei hun oedd hi.

'Ffafr fechan, dyna i gyd. Dod i ffwrdd am benwythnos efo fi. Cyfarfod pobl ti 'rioed 'di'u gweld o'r blaen, pobl na weli di byth mohonyn nhw wedyn.'

Os mai eglurhad oedd hwn i fod, doedd o ddim yn un da iawn! Roedd o'n dal yn y niwl.

'Clir fel mwd,' meddai, gan edrych ar y cloc ar y wal fel tasai hi'n ei gadw rhag bod yn rhywle arall. Wnaeth y sioe ddim argyhoeddi yr un o'r ddau.

Plygodd Siwan ymlaen, fel bod neb arall yn clywed. Mae'n siŵr bod y ddau ohonyn nhw'n edrych fel dau gariad, meddyliodd Alfan; dau gariad mewn caffi yn sibrwd geiriau melys, yn hytrach na dau ddieithryn yn dawnsio o gwmpas ei gilydd, ac yn ofalus o bob gair, o bob symudiad.

'Mae o'n embaras braidd,' sibrydodd Siwan. 'Y penwythnos yma i ffwrdd ... Mae petha braidd yn ... anodd.'

'Sut? Yn anodd ym mha ffordd?' gofynnodd Alfan, a'i ddiddordeb yn dechrau cael ei gosi o ddifri.

'Wel, parti teulu ydy o, yli. Parti dyweddïo, a deud y gwir.'

'Pwy ydy'r person lwcus?' gofynnodd Alfan.

| | |
|---|---|
| **ffafr** - *favour* | **sibrwd** - *to whisper* |
| **yn y niwl** - *in the dark [about something] (lit. in the fog)* | **dieithryn** - *stranger* |
| | **symudiad** - *movement* |
| **argyhoeddi** - *to convince* | **cosi** - *to tickle* |

'Cai. Fy ... fy mrawd i. Cai.' Brysiodd Siwan yn ei blaen, heb ddweud mwy am y brawd.

'Fydd 'na ffỳs fawr, wrth gwrs. Mae fy rhieni yn ... hoffi gwneud môr a mynydd o bob dim, unrhyw esgus am barti, a deud y gwir. Mae Olwen wedi bod yn cynllunio'r parti yma o'r munud wnaethon nhw ddangos y fodrwy ddyweddïo bythefnos yn ôl.'

'Olwen?' gofynnodd Alfan.

'Yy ... Mam.'

'Wel, ma' hynny'n naturiol, ma'n siŵr,' meddai Alfan, fel tasai o'n gwybod pob dim am y busnes dyweddïo. Pan soniodd ei gefnder Jac ei fod yn mynd i briodi Janet, mynd draw i'r Goron am y pnawn wnaeth ei deulu o, ac aros yno tan iddyn nhw gael eu hel adra gan y rheolwr, a chanu 'Myfanwy' a 'Calon Lân' ar dop eu lleisiau i lawr y strydoedd gwag am dri o'r gloch y bore.

'Ond dw i ddim yn gweld sut fedra i ...' dechreuodd Alfan eto.

Edrychodd Siwan o'i chwmpas yn sydyn cyn plygu ei phen hyd yn oed yn nes ato.

'Maen nhw'n boen! Mam a Dad. Yn swnian arna i ... yn cwestiynu o hyd pam sgen i ddim cariad. Yn holi a holi pryd dw i'n mynd i gyflwyno rhywun iddyn nhw.'

'Dim ond hynny! Pam ti ddim jest yn dweud wrthyn nhw am beidio â busnesu!'

Edrychodd Alfan arni. Roedd hon yn rhoi'r argraff ei

| | |
|---|---|
| **gwneud môr a mynydd –** *to make a great to-do* | **busnesu** – *to be nosy* |
| **modrwy ddyweddïo –** *engagement ring* | **argraff** – *impression* |

bod yn gwybod ei lle yn y byd, yn gyfforddus efo pwy oedd hi, heb boeni am beth oedd neb arall yn ei feddwl ohoni. Ond roedd siarad am deulu weithiau yn medru gwneud i'r person mwya hyderus ymddwyn fel hogan ifanc, ansicr.

Yn sydyn, symudodd Siwan yn ôl yn ei sêt a thorri ar yr awyrgylch o rannu cyfrinachau. Daeth y Siwan hyderus yn ei hôl. Edrychodd ar Alfan a'i llygaid yn oeraidd.

'Mae pethau'n gymhleth ... iawn. Dw i mewn sefyllfa ... anodd ... annifyr. Fedra i ddim peidio â mynd i barti dyweddïo Cai, ac eto fedra i ddim diodde meddwl am fy rhieni'n holi ac yn ...'

'Yli, dw i ddim yn gweld sut fedra i helpu,' meddai Alfan. Yn sydyn iawn, roedd o isio mynd oddi yno, isio bod yn rhywle arall, yn swatio ger rhyw ddrws, a'i gefn yn erbyn y wal, yn gwylio'r byd yn mynd heibio. Roedd o wedi dechrau anghofio cymaint o strach oedd gorfod siarad go iawn efo rhywun.

'Ty'd efo fi. I'r parti. Fel cariad i mi.'

Syllodd Alfan arni, heb ddweud gair.

'Yli, gei di benwythnos mewn tŷ braf yn y wlad, cyfarfod pobl newydd ... digon o fwyd, digon o ddiod ...'

Ceisiodd Alfan beidio â meddwl am y llun o fwrdd yn orlawn o fwydydd o bob math, fel roedd o wedi ei weld mewn rhyw ddrama hanesyddol ar y teledu rhyw dro.

| | |
|---|---|
| **hyderus** – *confident* | **cymhleth** – *complicated* |
| **awyrgylch** – *atmosphere* | **swatio** – *to snuggle* |
| **rhannu cyfrinachau** – *to share secrets* | **strach** – *bother, difficulty* |
| | **gorlawn** – *overflowing* |
| **oeraidd** – *cold, frosty* | |

'Dw i ddim yn dy nabod di o gwbl.'

'A does dim rhaid i ni nabod llawer ar ein gilydd, nag oes? Fydd 'na ddim byd yn digwydd. Ella fyddwn ni'n gorfod rhannu'r un stafell wely, ond gei di'r gwely a gysga i ar lawr.'

'Sut fedri di 'nhrystio fi?' meddai Alfan.

Gwelodd yr ofn yn goleuo ei llygaid am funud.

'Dy drystio di, i beidio ...'

'Wel, wsti. Sut fedri di 'nhrystio fi i beidio â gneud unrhyw beth? Dwyt ti'n gwbod dim byd amdana i.'

Roedd yr eiliadau a basiodd yn teimlo fel munudau. Yn y diwedd meddai Siwan,

'Ystafelloedd ar wahân, 'ta. Os oes yn well gen ti hynny. Ia, iawn, stafell bob un. Newydd ddechra dŵad i nabod ein gilydd dan ni, 'te? Newydd ddechrau mynd allan efo'n gilydd go iawn ... Fydd pawb yn dallt.'

Doedd hi prin yn cofio ei fod o yno. Gwenodd Alfan.

'Felly be ti'n ddeud? Penwythnos i ffwrdd mewn lle braf. Gwely cyfforddus. Digon o fwyd. Dweud dipyn o gelwydd golau. Mil o bunnau ...'

Oedd o wedi ei chlywed yn iawn?

'Be? Mil o ...'

'Ia, mil o bunnau, Al. Ac wedyn ...'

'Wedyn be?'

'Wedyn dim byd. Wedyn gei di fynd yn ôl at dy fywyd ac mi ga i ddychwelyd at fy mywyd i hefyd ... A dyna fo.'

---

| | |
|---|---|
| **wsti (wyddost ti)** – *you know* | **celwydd golau** – *white lies* |
| **ar wahân** – *separate* | **dychwelyd** – *to return* |
| **prin** – *scarcely* | |

# PENNOD 5
# SIWAN

Wedi gadael y caffi, aeth Alfan i un cyfeiriad ac aeth hithau, Siwan, i gyfeiriad arall.

Cytuno wnaeth o yn y diwedd, wrth gwrs. Sut fedrai o beidio â chytuno i gael penwythnos i ffwrdd mewn lle braf? Sut oedd tun o ffa pob oer a matres damp ar balmant oer yn mynd i fedru cystadlu? Ond wnaeth Siwan ddim disgwyl iddo fod mor styfnig, chwaith. Wnaeth hi ddim disgwyl fasai ganddo fo gymaint o falchder. Neu efallai mai gêm oedd y cyfan iddo yntau hefyd. Efallai ei fod o'n gwybod yn iawn ei fod yn mynd i dderbyn yn y diwedd, ond ei fod o'n aros i weld pa mor bell roedd o'n medru ei gwthio. Yn aros iddi hi ddangos faint yn union roedd hi'n fodlon ei gynnig iddo i achub ei chroen a'i hachub hi rhag embaras yr holi gan ei rhieni.

Wnaeth hi ddim trosglwyddo'r mil o bunnau iddo fo heddiw, wrth gwrs. Doedd hi ddim yn wirion. A doedd yntau ddim yn disgwyl hynny. Doedd o ddim yn disgwyl

---

**styfnig** – *stubborn*  **trosglwyddo** – *to transfer*
**balchder** – *pride*

iddi roi'r ffôn symudol newydd sbon iddo fo chwaith. Un efo £20 wedi ei dalu arno'n barod. Oedd hi wedi bod yn ddiniwed yn rhoi hynny iddo? Be tasai o'n ailfeddwl ac yn penderfynu diflannu oddi wrthi hi a'i chynllwyn, gan weld ei hun wedi cael bargen reit dda: bag o siopa, pryd o fwyd a ffôn newydd sbon? Roedd hi wedi ystyried hyn, wrth gwrs. Ond doedd dim ffordd arall iddi fedru cadw cysylltiad efo fo, er mwyn gwneud trefniadau. A doedd hi ddim isio gorfod cael ei rif o yn ei ffôn os nad oedd rhaid. O leia fel hyn roedd hi'n medru cadw gwell rheolaeth ar bob dim. A tasai'r 'Al' yma yn ailfeddwl neu hithau'n dod i sylweddoli ei fod yn foi gwaeth nag oedd hi'n feddwl, doedd dipyn o fwyd a ffôn rhad a'r £20 o gredyd arno ddim yn mynd i dorri'r banc.

Gweithio ar ei liwt ei hun o adra roedd Siwan, felly fe aeth adra'n syth i'r fflat ar ôl cyfarfod Al. Cysylltiadau cyhoeddus oedd ei maes, ac roedd hi'n gwybod ei bod yn dechrau gwneud ei marc yn y byd cystadleuol hwnnw. Roedd y maes parcio'r tu allan i'r twr fflatiau bron yn wag gan ei bod yn ganol dydd. Er bod y stad yn eithaf agos i ganol y ddinas (rhywbeth oedd yn cael ei bwysleisio pan ddaeth i edrych ar y fflat gynta), doedd yna ddim llawer o sŵn o gwbl. Unwaith roeddech chi wedi cau drws eich

| | |
|---|---|
| **diniwed** – *naïve* | **cysylltiadau cyhoeddus** – *public relations* |
| **ailfeddwl** – *to rethink* | |
| **cynllwyn** – *plot* | **cystadleuol** – *competitive* |
| **trefniadau** – *arrangements* | **pwysleisio** – *to emphasize* |
| **cytundeb** – *agreement, contract* | |
| **gweithio ar ei liwt ei hun** – *to work freelance* | |

25

fflat ar y byd, fe allech chi feddwl eich bod ynghanol y wlad – os mai dyna oedd yn eich gwneud chi'n hapus. Ond merch y dre oedd Siwan erbyn hyn.

Suddodd i mewn i'r soffa a chicio ei hesgidiau oddi ar ei thraed. Wedi'r holl waith meddwl roedd hi'n anodd credu bod pethau wedi dechrau, bod rhan gynta'r cynllun wedi ei rhoi ar waith. Wrth gwrs, roedd yna ffordd bell i fynd eto, a sawl argyfwng posib yn disgwyl o gwmpas pob cornel, ond o leia roedd hi wedi gwthio'r cwch i'r dŵr, wedi dechrau pethau. Teimlai yn anhygoel o hapus, mwya sydyn, fel tasai pwysau'r byd wedi codi oddi ar ei hysgwyddau. Cododd a mynd draw at yr oergell fach oedd yn nythu o dan y byrddau gweithio marmor yn y gegin fach. Gafaelodd yn y botel Pinot Grigio, estyn gwydr gwin mawr o'r cwpwrdd a'i lenwi i'r top. Yfodd y cyfan ar ei dalcen, heb ei flasu, bron.

Doedd hi ddim yn arfer yfed ganol dydd, ond roedd heddiw yn ddiwrnod go arbennig, wedi'r cyfan.

Crwydrodd draw at ei desg weithio ym mhen draw'r ystafell, ac edrych i lawr ar y maes parcio o'r ffenest fawr foethus. Roedd ei pheiriant ateb yn wincio arni, a gwrandawodd ar dair neges ddigon diflas. Dwy gan gwmser isio trafod rhyw elfen o brosiect roedd hi'n ei wneud iddyn nhw, ac un gan rywun arall oedd isio trafod pris. Doedd ganddi ddim amynedd dychwelyd eu galwadau ar hyn o bryd. Fe fyddai fory yn hen ddigon buan. Roedd

| | |
|---|---|
| **rhoi ar waith** – *to put into motion* | **marmor** – *marble* |
| **argyfwng** – *emergency* | **yfed ar ei dalcen** – *to drink in one go* |
| **nythu** – *to nestle, to nest* | **moethus** – *luxurious* |

disgwyl am ychydig cyn ateb yn rhoi'r argraff o brysurdeb – roedd Siwan wastad wedi meddwl hynny. Doedd ateb yn syth yn gwneud dim ond rhoi'r argraff eich bod yn segur ac yn neidio am unrhyw waith.

Aeth yn ôl at y gegin fach, a thywallt gwydraid arall o'r gwin gwyn iddi hi ei hun, gan gymryd ei hamser y tro hwn i'w flasu a'i fwynhau. Roedd y £15 a dalodd am y botel yn werth pob ceiniog. Dylai ei bod hithau wedi cael rhywbeth i'w fwyta hefyd yn y caffi, meddyliodd, gan fod y gwin wedi mynd yn syth i'w phen.

Aeth at y bag llaw yr oedd hi wedi ei daflu ar y soffa ledr ar ei ffordd i mewn, a chwilio am ei ffôn symudol. Gan nad oedd hi wedi ei ffonio ers tro, roedd yn rhaid iddi chwilio am rif Cai; doedd o ddim ar y rhestr o rifau diweddar.

Edrychodd ar ei enw am rai eiliadau. Roedd yn rhyfedd meddwl fod yr enw yn golygu dim byd iddi tan ryw flwyddyn yn ôl, pan gamodd Cai i mewn i'w bywyd. A rŵan dyma hi, yn gorfod ceisio gorfodi ei hun i beidio â meddwl amdano bedair awr ar hugain y dydd.

---

**segur** – *unoccupied, idle*    **gorfodi** – *to force*
**golygu** – *to mean*

# PENNOD 6
# ALFAN

Roedd o wedi bwyta cynnwys y bag plastig i gyd erbyn chwech o'r gloch y noson honno: y paced bisgedi cyfan, y creision. Roedd o hyd yn oed wedi llwyddo i agor y tun tiwna efo'i gyllell boced, ac wedi ceisio'i orau i fwyta'r pysgodyn gyda rhywfaint o urddas.

A dweud y gwir, ar ôl yr iwfforia cychwynnol o fwyta llond ei fol, roedd o wedi dechrau teimlo'n sâl. Wedi gorfwyta. Doedd y teimlad unigryw hwnnw ddim yn un roedd o wedi ei gael ers wythnosau. Ers dau fis, i fod yn fanwl gywir.

Felly fe aeth Alfan i chwilio am y gilfach arferol er mwyn swatio a cheisio cael ychydig oriau o gwsg cyn iddi ddechrau oeri go iawn. Doedd o'n dal ddim wedi dod i arfer efo'r oerni, yn enwedig yn yr oriau mân. Y rhain oedd yr oriau pan oedd y ddinas a phawb call yn cysgu'n braf. Dyma'r amser pan oedd hi fwya peryg i fod allan ar

| | |
|---|---|
| urddas – *dignity* | cilfach – *nook* |
| cychwynnol – *initial* | oriau mân – *early hours* |
| gorfwyta – *to overeat* | call – *sensible* |
| unigryw – *unique* | |

y stryd hefyd. Roedd tua thri o'r gloch y bore yn awr pan oedd y stryd dywyll yn agored i bob math o greaduriaid, pan oedd y bobl fwya peryglus yn prowlan.

Roedd y gilfach arbennig, yr un yr hoffai feddwl amdani fel ei gilfach arbennig o, ychydig i ffwrdd o'r brif stryd. Ac eto, doedd hi ddim yn rhy bell o bob man. Ond pan gyrhaeddodd y lle y noson honno, roedd yna ryw hen wraig yn y gilfach, a'i bagiau fel caer o'i chwmpas. Roedd Alfan wedi ei gweld o'r blaen o gwmpas y lle. Cymuned fechan oedd cymuned y digartref, a phawb yn nabod wyneb pawb.

Edrychodd yr hen wraig yn flin ar Alfan, a phan aeth Alfan yn agos ati, poerodd rhwng ei dannedd arno,

'Cadwa draw! Cadwa draw'r diawl drwg! Mae gwn yn y bag 'ma, a sgen i ddim ofn ei ddefnyddio fo!'

'Hei, peidiwch â gwylltio, Nain!' atebodd Alfan. 'Dim ond chwilio am rywle i roi fy mhen i lawr ydw i!'

'A'n lladd i yn fy nghwsg a dwyn fy mhetha fi i gyd!' meddai'r hen ddynes eto. 'Dos! Dos o 'ma!' chwyrnodd, gan ddangos ei dannedd fel ci.

Doedd gan Alfan ddim egni i ddal pen rheswm efo hi, felly aeth ymlaen ar hyd y stryd i chwilio am rywle arall. Daeth o hyd i rywle heb ormod o drafferth, wrth lwc. Cilfach hen adeilad oedd hon, yn ddigon pell oddi

| | |
|---|---|
| **creaduriaid** – *creatures* | **lladd** – *to kill* |
| **prowlan** – *to prowl* | **chwyrnu** – *to growl, to snore* |
| **caer** – *fort* | **dal pen rheswm** – *to reason* |
| **digartref** – *homeless* | **wrth lwc** – *luckily* |
| **poeri** – *to spit* | |

wrth olau'r stryd fyddai'n ei gadw'n effro ac a fyddai'n ei ddangos i'r byd. Fe fyddai'r lle yma'n dywyll ac yn lle gwych iddo fedru cysgu heb i neb sylwi arno.

Gosododd Alfan ei bethau yn y gilfach, a rholio'r fatres fach denau ar y llawr. Tynnodd ei fagiau yn nes ato, a gwneud ei hun yn belen, er mwyn cadw'n gynnes. Ond roedd hi'n dal yn oer.

Doedd o ddim yn mynd i fedru diodde hyn yn llawer hirach. Roedd o wedi bod allan ar y stryd am fwy o amser nag roedd o wedi ei fwriadu beth bynnag. Pythefnos roedd o wedi'i ddweud wrtho fo'i hun. Pythefnos. Fe fyddai'n siŵr o sortio rhywbeth wedyn. Roedd o wedi aros mewn pabell ar Fannau Brycheiniog unwaith pan oedd o'n bymtheg oed, ac roedd yn dal i gofio'r wefr honno. Dim ond rhywbeth tebyg i hynny fyddai cysgu allan ar y stryd, dyna roedd o wedi'i feddwl. Wythnos neu ddwy yn gwersylla ar y stryd, ac yna fe fyddai'n dod o hyd i rywle iawn i fyw, ac fe fyddai pob dim yn iawn.

Ond roedd pethau wedi bod yn anoddach na hynny. A buan iawn yr oedd arian Alfan wedi dechrau rhedeg allan. Roedd bod heb gartre yn un peth, ond roedd bod heb fwyd yn fater hollol wahanol.

Diolch byth, doedd 'na neb oedd yn arfer gweithio efo fo, na neb o'i deulu, wedi ei weld eto. Fe fyddai hynny mor ofnadwy, gorfod gweld yr embaras yn eu llygaid, yn adlewyrchu'r embaras yn ei lygaid ei hun. Yr embaras, ac

---

| | |
|---|---|
| **bwriadu** - *to intend* | **gwefr** - *thrill* |
| **Bannau Brycheiniog** - *Brecon Beacons* | **adlewyrchu** - *to reflect* |

yna'r boen o orfod cofio'r digwyddiadau oedd wedi arwain at hyn, o orfod cysgu ar y stryd heb do uwch ei ben.

Ddaeth cwsg ddim yn hawdd i Alfan y noson honno. Roedd heddiw wedi bod yn ddiwrnod mor anghyffredin: y cywilydd o fod wedi cael ei yrru i ddwyn am y tro cyntaf er mwyn bwyta yn un peth; ac yna cyfarfod y Siwan anhygoel yna a chytuno i'w chais anghyffredin ...

Roedd o wedi dechrau llithro i gysgu pan glywodd y crynu anarferol ym mhoced ei gôt. Cymerodd ychydig eiliadau iddo feddwl beth oedd o, ac ychydig eiliadau wedyn iddo ddarganfod y ffôn bach newydd. Cliciodd er mwyn darllen y neges destun syml:

Cysga'n dawel, Al. Siw x

Roedd hi bron yn gwawrio pan lwyddodd Alfan i fynd yn ôl i gysgu, a hwnnw'n gysgu anesmwyth llawn breuddwydion annifyr.

| | |
|---|---|
| **anghyffredin** – *unusual* | **anarferol** – *unusual* |
| **cywilydd** – *shame* | **neges destun** – *text* |
| **cais** – *request* | **gwawrio** – *to dawn* |
| **crynu** – *trembling, to tremble* | **anesmwyth** – *uneasy* |

# PENNOD 7
# SIWAN

Roedd hi wedi cymryd tipyn o berswâd ar Alfan i gytuno i ddod draw i'r siop ddillad dynion ar y stryd fawr. Doedd o ddim angen siwt yn y math o waith roedd o ynddo, medda fo, a gwenu wrth ddweud. Chwerthin wnaeth Siwan, a dyna oedd ei angen. Roedd y ddau ohonyn nhw'n dechrau dod i ddeall ei gilydd ychydig bach yn well. Yn araf. Yn ofalus.

Roedd hi wedi poeni ei bod yn mynd i orfod dod o hyd i rywun arall am ychydig ddyddiau ar ôl y diwrnod hwnnw pan wnaethon nhw gyfarfod gynta. Ar ôl iddi yrru neges destun feddw ato'r noson honno, chlywodd hi ddim byd wedyn am ddiwrnodau. Dim gair. Roedd hi'n siŵr fod y cena wedi penderfynu cerdded i ffwrdd ac anghofio pob dim amdani hi a'r parti dyweddïo. Meddwl am hyn oedd hi pan gafodd hi'r neges yn ôl ganddo, dri diwrnod ar ôl iddi yrru'r neges gyntaf ato.

Mi wnaethon nhw gyfarfod eto am banad y pnawn

---

cena – *rascal*

hwnnw, ac mi wnaeth hithau brynu bwyd iddo fo eto. Roedd o fel tasai o'n disgwyl hynny, ac mi fwytodd yn awchus unwaith eto. Wrth edrych arno'n bwyta, roedd yn amlwg wedi cael cawod neu fàth yn rhywle a golchi ei wallt. Ond roedd o'n edrych yn deneuach, a'i groen yn fwy gwelw. Roedd o'n edrych yn fwy fel 'un ohonyn nhw' nag oedd o'r tro cynta welodd hi o yn y siop. Fe fyddai Olwen yn siŵr o wneud rhyw fath o sylw am hyn yn ddistaw bach, dan ei gwynt, neu wneud rhyw sylw bach pigog dros y bwrdd bwyd. Damia hi! Ond tasai hi'n mynd â rhywun llond ei groen i'r tŷ, mi fasai hi'n siŵr o gael barn am hwnnw hefyd. Roedd y byd a'i bobl yno i gael eu barnu ym meddwl Olwen, a doedd neb na dim yn mynd i newid ei hagwedd. Wedi blynyddoedd o gael ei mesur, roedd Siwan wedi hen arfer, ond doedd hynny ddim yn dweud ei fod o ddim yn mynd dan ei chroen bob tro.

A dyma hi rŵan yn sefyll y tu allan i siop ddillad dynion go grand yn aros am hogyn digartref i fynd efo hi i barti dyweddïo ei brawd. Roedd bywyd yn medru cymryd tro annisgwyl weithiau. Ddim fod hyn yn gwbl annisgwyl chwaith, meddyliodd. Roedd hi wedi meddwl a meddwl am y parti a sut roedd hi'n mynd i ymdopi efo'r holl sefyllfa ers i Cai ddweud wrthi gynta ei fod o'n mynd i briodi rhyw 'Estella'.

'Sori.'

| | |
|---|---|
| **awchus** – *eager* | **llond ei groen** – *robust, plump* |
| **teneuach** – *thinner* | **barnu** – *to judge* |
| **gwelw** – *pale* | **agwedd** – *attitude* |
| **pigog** – *prickly* | **annisgwyl** – *unexpected* |

Neidiodd Siwan pan glywodd lais Alfan wrth ei hymyl. Roedd ei meddwl yn bell.

'Sori ... yyy ... methu ffendio'r lle ... Dw i ddim yn aml yn cyfarfod ym mhen yma'r dre,' meddai, dan wenu eto. Roedd o reit ddel pan oedd o'n gwenu.

'Dim problem. Awn ni i mewn?'

Edrychai'r dyn oedd yn helpu yn y siop fel tasai o wedi camu allan o ryw ddrama o ddechrau'r ganrif ddiwetha. Roedd o fel pìn mewn papur, wrth gwrs, a phob blewyn yn ei le. Ond hefyd roedd ei wallt du potel wedi cael ei sgubo i un ochr i'w ben yn ddramatig, a rhoddai hyn ryw olwg urddasol oedd bron yn snobyddlyd iddo. Cafodd Siwan yr argraff ei fod yn gwneud ffafr â nhw yn gadael iddo droedio ar garped sanctaidd ei siop. Roedd yr argraff yma yn gryfach byth wrth i'r dyn roi cipolwg sydyn ar Alfan, a'i asesu'n syth, o'i gorun i'w sawdl.

'Tybed ... fedra i eich helpu chi?' gofynnodd y boi, a'r wên gwrtais gyfoglyd yn neidio i'w lle.

Doedd dim ond un ffordd i drin crinc hunanbwysig fel hyn ym meddwl Siwan.

'Wel, medrwch gobeithio! Neu mi awn ni i rywle arall!' meddai, gan sefyll yn syth.

| | |
|---|---|
| fel pìn mewn papur – *clean and tidy, spick and span* | sanctaidd – *holy* |
| | o'i gorun i'w sawdl – *from his head to his toes* |
| blewyn – *strand of hair* | |
| sgubo – *to sweep* | cyfoglyd – *nauseating* |
| snobyddlyd – *snobbish* | crinc hunanbwysig – |
| troedio – *to tread* | *self-important fool* |

Syrthiodd wyneb y boi am eiliad, a newidiodd ei ymddygiad yn syth.

'O, ia, wrth gwrs, Madam. Da iawn. Dw i'n siŵr fod gynnon ni bopeth fydd ei angen ar y gŵr bonheddig yma i wneud argraff ... Ga i ofyn ... oes yna achlysur arbennig dan sylw? 'Ta ...'

Gallai Siwan weld bod Alfan yn gwingo, ac yn anghyfforddus iawn efo'r holl sefyllfa. Mae'n siŵr nad oedd o erioed wedi cael ei drin efo'r fath barch mewn siop. Gwenodd am eiliad wrth feddwl am y tro diwetha i Alfan a hithau fod mewn siop efo'i gilydd, dan amgylchiadau go wahanol!

'Parti,' meddai Alfan yn isel o dan ei wynt. 'Parti ydy o. Ynde?' meddai wedyn, gan edrych ar Siwan am gymorth.

'Ia, parti. Ond ddim unrhyw fath o barti, dalltwch!' meddai Siwan yn bwysig. 'Mae o'n barti pwysig, parti dyweddïo, ac mi fydd pawb sydd yn "rhywun" yno. Mae'n bwysig ein bod ni'n creu'r argraff iawn. Dydy, cariad?'

Er mwyn tanlinellu'r 'berthynas' rhyngddyn nhw, gafaelodd Siwan ym mraich Alfan a'i mwytho'n gariadus. Doedd hi ddim yn glir ai Alfan neu'r siopwr oedd yn edrych fwyaf anghyfforddus.

Symudodd Alfan oddi wrthi, gan edrych yn flin arni.

Nodiodd y siopwr ei ben, fel tasai'n ystyried rhyw

| | |
|---|---|
| **ymddygiad** – *behaviour* | **parch** – *respect* |
| **gŵr bonheddig** – *gentleman* | **amgylchiadau** – *circumstances* |
| **achlysur** – *occasion, event* | **dalltwch!** – *you understand!* |
| **gwingo** – *to wince* | **tanlinellu** – *to underline* |
| **anghyfforddus** – *uncomfortable* | **mwytho** – *to caress* |

gwestiwn mawr athronyddol, yn hytrach na pha siwt y gallai ei gwerthu iddyn nhw.

'Hmm, ia ... rhaid i chi greu argraff arbennig,' meddai. 'Mi fydd llygaid pawb yn y lle arnoch chi, bydd? Y cwpl hapus!'

Gwenodd ryw wên siwgwraidd, a rhoi ei ben ar ei ochr wrth edrych arnyn nhw.

Edrychodd Siwan ar Alfan, ac roedd hwnnw'n edrych fel tasai'n mynd i roi clustan i'r boi druan unrhyw funud.

'Ddim ... ddim ni ... Perthynas i ni ... i mi! Fy ... mr ... fy mraw ...'

Aeth y gair 'brawd' yn sownd yn ei gwddw. O nunlle, daeth dagrau i'w llygaid, a dechreuodd dagu i guddio ei hembaras. Alfan ddaeth i'r adwy.

'Gawn ni sortio fo, ia?' meddai Alfan wrth y siopwr, a cherdded yn ddyfnach i mewn i'r siop a dechrau byseddu rhes o siwtiau amryliw. Ymhen eiliad, roedd y siopwr wrth ei sawdl yn cynghori ac yn rhoi barn.

Gadawodd Siwan y ddau i drafod ymysg ei gilydd. Eisteddodd yn y gadair Fictoraidd gyfforddus gerllaw, ac ymdrechu i reoli ei hanadl.

| | |
|---|---|
| athronyddol – *philosophical* | byseddu – *to finger* |
| siwgwraidd – *sugary* | amryliw – *multicoloured* |
| clustan – *a thick ear* | sawdl – *heel* |
| sownd – *stuck* | cynghori – *to advise* |
| dod i'r adwy – *to come to the rescue* | ymdrechu – *to attempt* |

# PENNOD 8
# ALFAN

Roedd ganddi gar neis. Audi TT lliw aur. Doedd hynny ddim yn sioc, wrth gwrs. Roedd pob dim am Siwan yn gweiddi 'pres', a hynny yn y ffordd fwyaf amlwg a hyderus bosib.

Roedd yr holl brofiad yn y siop siwtiau wedi bod yn erchyll. Doedd o ddim yn medru diodde clywed Siwan yn defnyddio'r llais posh arbennig yna, nac yn medru diodde'r effaith yr oedd y llais hwnnw'n ei gael ar rywun fel yr hen siopwr bach yna. Hen grafwr bach oedd hwnnw yn y diwedd, er ei fod wedi edrych i lawr ei drwyn arnyn nhw i ddechrau. Be oedd yn bod ar bobl, yn teimlo eu bod nhw'n gorfod beirniadu pawb arall drwy'r amser? A chystadlu am eu safle nhw ar y goeden gymdeithasol? Roedd yr holl beth yn troi ei stumog. O leia pan oedd o'n eistedd ar y stryd, roedd yr ymateb yn fwy gonest, a doedd pobl ddim yn chwarae'r gemau oedd yn cael eu chwarae yn y byd 'go iawn'.

---

**pres** – *money*  **crafwr** – *sycophant, creep*
**erchyll** – *horrible*

---

Ar ôl gorffen yn y siop, wnaeth o erioed feddwl y byddai awyr iach yn teimlo mor braf, ac yntau'n meddwl ei fod yn cael llawn digon ohono fo y dyddiau yma.

Felly dyma fo, ddeuddydd yn ddiweddarach, yn camu i mewn i gar efo dynes doedd o prin yn ei nabod. Ac yn mynd i dreulio penwythnos efo pobl roedd o'n eu nabod llai byth!

Roedd y ddau wedi trefnu i gyfarfod rownd y gornel i'r siop siwtiau. Wedi parcio ar ddwy linell felen ar groesffordd fechan, daeth Siwan allan o'r car, a mynd i agor y bŵt.

'Ti'n iawn? Sori 'mod i'n hwyr!' meddai, a thaflu golwg reit sydyn ar y bag cefn budr oedd ganddo, a'r sach gysgu oedd yn sownd iddo, fel rhyw sigâr enfawr. Gwelodd ei bod yn siomedig. Ond lle arall oedd hi'n disgwyl iddo roi ei stwff i gyd? Tasai'n gadael ei fag o bethau yn rhyw gornel yn rhywle, fasai'r bag yn bendant ddim yno pan âi 'nôl. Neu hyd yn oed tasai'r bag ei hun yno, basai rhyw lygoden fawr wedi mynd i'w grombil a chwalu drwy bob dim oedd tu mewn iddo yn chwilio am fwyd.

'Wnawn ni brynu bag arall i chdi yn rhywle ar y ffordd, ia?' gofynnodd, a doedd dim pwynt i Alfan anghytuno.

Roedd o'n falch ei fod o wedi cael cyfle i fynd i'r ganolfan hamdden i gael cawod cyn iddo ei chyfarfod, achos roedd ganddo deimlad na fasai hi ddim mor glên tasai hi'n gorfod rhannu car efo rhywun oedd heb ymolchi. Ac roedd y trowsus a'r crys o'r siop siwtiau yn

---

| | |
|---|---|
| **deuddydd** – *two days* | **crombil** – *pit, depth* |
| **croesffordd** – *crossroad* | **chwalu** – *to rummage, to scatter* |

lân, o leia, er eu bod ymhell o fod yn steil y basai Alfan yn ei wisgo fel arfer.

Ymhen deg munud, roedden nhw wedi gadael traffig y dre ac yn gyrru drwy'r wlad, gyda'r caeau gwyrdd yn gwibio heibio iddyn nhw. Roedd hi'n anodd cofio pryd roedd o wedi bod allan yng nghefn gwlad ddiwetha, meddyliodd. Rhywsut roedd canfas ei fyd i gyd wedi bod yn llwyd ac yn ddinesig ers blynyddoedd.

'Pa mor bell ydy o?' gofynnodd Alfan ymhen rhyw hanner awr. 'Y lle 'ma ...?'

'Mi fasen ni'n medru bod yno mewn rhyw ddwy awr, heb stopio,' atebodd. 'Ond rhaid i ni gael bag call i chdi o rywle, ac ma'n siŵr bo chdi isio bwyd, wyt?' Roedd rhyw hanner gwên ar ei hwyneb.

Roedd Alfan ar dân isio dweud wrthi ei fod yn iawn heb fwyd, diolch, gan ei fod o wedi cael brecwast mawr. Ond roedd y syniad o gael rhywbeth i'w fwyta yn tynnu dŵr o'i ddannedd yn barod, a chadwodd yn ddistaw am hynny. Ond aeth ar ôl rhywbeth arall.

'Felly pwy ydyn nhw? Dy deulu di?'

'Be ti'n feddwl, pwy ydyn nhw? Roedd Dad yn gweithio'n y byd bancio cyn iddo fo ymddeol, ac roedd Mam yn arfer bod yn athrawes goginio.'

Roedd hi'n rhyfedd fel yr oedd Siwan wedi dewis sôn am swyddi'r ddau fel ffordd o'u disgrifio, meddyliodd Alfan.

| | |
|---|---|
| **gwibio** – *to fly by* | **tynnu dŵr o'i ddannedd** – |
| **dinesig** – *urban* | *to make his mouth water* |

'Sut bobl ydyn nhw? Dyna dw i'n feddwl!' meddai. 'A sut foi ydy dy frawd ... Cai, ia?'

Roedd y cwestiwn yn amlwg wedi gwneud Siwan yn anesmwyth.

'Sut ti'n disgwyl i mi fedru deud sut rai ydyn nhw? Ocê, ma' Mam yn snob. Ma' Dad yn snob, ond ella'n llai o snob na Mam. Ac ma' Cai ... Wel ... ma' Cai jest yn Cai! Iawn?'

'Brodyr ydy brodyr, am wn i,' meddai Alfan, a meddwl am Macs ei frawd yntau am eiliad: y gwallt cyrliog tywyll, y wên ddireidus, y ffordd roedd o wastad yn medru troi eu Mam rownd ei fys bach ... Macs.

Edrychodd allan drwy'r ffenest, a cheisio cael y llun ohono allan o'i ben drwy edrych ar rywbeth arall. Roedd o'n feistr ar fedru gwneud hynny erbyn hyn.

Gyrrodd y car ymlaen ar hyd y lôn, a Siwan ac Alfan yn gwbl ddistaw am gyfnod. Canolbwyntiodd Alfan ar feddwl am yr olygfa oedd yn ei ddisgwyl. Gyda phob milltir, roedd yn dechrau teimlo'n fwy annifyr a nerfus am y penwythnos oedd o'i flaen.

'Debyg i bwy wyt ti, 'ta?' gofynnodd, er mwyn torri ychydig ar yr awyrgylch.

'Be?' brathodd Siwan.

'Debyg i bwy? I dy fam? Ti'n debycach i dy Dad? 'Ta ti'n ...'

Yn sydyn, trodd Siwan lyw'r car i'r chwith a diflannu oddi ar y brif ffordd i lawr rhyw lôn fach gul. Yna gwasgodd y brêc yn galed a stopiodd y car.

---

| | |
|---|---|
| **am wn i** – *I suppose* | **canolbwyntio** – *to concentrate* |
| **direidus** – *mischievous* | **llyw** – *steering wheel* |
| **meistr** – *master* | |

'Blydi hel, be ddiawl ti'n ...?' dechreuodd Alfan.

'Dw i isio i chdi gau dy geg!' meddai Siwan yn uchel. Roedd hi bron yn gweiddi. 'Ti'n holi am hyn a llall, ti'n ...'

'Sori! Trio gneud sgwrs, dyna'r cwbl!' meddai Alfan yn ôl.

'Wel, paid! Ti ddim yma i neud sgwrs! Ti ddim yma i fusnesu! Jest gwna dy job ac wedyn ... wedyn fydd dim rhaid i ni fyth weld ein gilydd eto, ti'n dallt?'

Roedd yna ddagrau yn ei llygaid, ond doedd Alfan ddim yn siŵr ai dagrau gwylltio 'ta be oedden nhw.

'Jest isio cael rhyw fath o syniad am be sydd o 'mlaen i o'n i,' meddai Alfan, ond roedd ei lais yn swnio'n wan.

'Gawn ni siarad ... ar y ffordd. Creu'r stori am sut wnaethon ni gyfarfod a ballu, fel bod ein storis yr un fath. Wnawn ni greu rhyw waith i ti, deud lle ti'n byw ac ati. Fydd hynna'n ddigon i'w cadw nhw'n hapus. Ond dw i'm isio siarad mwy am y teulu, ti'n dallt? Ma'n ddigon 'mod i'n gorfod bod yn eu cwmni nhw am benwythnos!'

Doedd gan Alfan ddim dewis ond cytuno. Trodd Siwan y car i wynebu'r ffordd arall, ac aeth y ddau ymlaen ar eu siwrnai, heb siarad rhyw lawer tan iddyn nhw gyrraedd y dref agosaf a stopio am ginio a phrynu bag newydd i Alfan.

---

**a ballu** – *et cetera*      **siwrnai** – *journey*

# PENNOD 9
# SIWAN

Roedd yna awyrgylch annifyr yn y car ar ôl hynny. Ddylai hi ddim bod wedi brathu fel 'na, ac ymateb mor od. Trio cynnal sgwrs roedd Alfan, chwarae teg, ac roedd ganddo hawl i wybod dipyn bach mwy am y bobl roedd o'n mynd i'w cyfarfod, doedd?

Ond roedd ei nerfau hi'n rhacs jibidêrs. Be oedd yn bod arni'n credu y basai hi'n medru taflu llwch i lygaid pawb drwy gyflwyno Alfan iddyn nhw a disgwyl iddyn nhw gredu bod y ddau yn gariadon? Doedd Alfan ddim mo'i theip hi o gwbl, a doedd o ddim yn ddigon o actor i esgus ei fod yn mynd allan efo hi. Doedd y ffaith ei fod yn desbret am bres, am fwyd, ddim yn ddigon o reswm iddi ei ddewis i chwarae rôl fel hyn. Rŵan, yn y car yn gwibio i gartref ei rhieni, roedd realiti'r sefyllfa wedi ei tharo. Be ddiawl oedd yn bod arni yn meddwl y basai hyn

| | |
|---|---|
| **cynnal sgwrs** – *to hold a conversation* | **rhacs jibidêrs** – *tatters, smithereens* |
| **hawl** – *a right* | **taflu llwch i lygaid** – *to mislead* |

wedi medru gweithio? A'r cyfan oherwydd ei bod hi wedi panicio pan glywodd hi newyddion Cai.

Roedd hi'n rhy hwyr rŵan beth bynnag. Doedd dim amdani ond symud ymlaen efo'r cynllun. Gwnaeth ymdrech arbennig i fod yn glên efo Alfan pan wnaethon nhw stopio am ginio mewn tref fach ddel ryw awr i ffwrdd o'r tŷ, a phrynu bag drutach nag oedd rhaid iddo fo. Roedd o'n amlwg wedi ei blesio. Fe fydd hyn i gyd wedi costio ffortiwn i mi erbyn y diwedd, meddyliodd, ond doedd hynny ddim yn poeni rhyw lawer arni.

Felly, a stori'r ddau am sut roedden nhw wedi cyfarfod wedi cael ei chreu yn barod i gael ei dadbacio o flaen y teulu busneslyd, fe gyrhaeddodd y car Audi aur y tŷ gan grensian i fyny'r dreif o gerrig mân.

Eisteddodd y ddau yn syllu ar y lle am funud.

'Gwesty ydy o?' gofynnodd Alfan o'r diwedd, a'i lais yn swnio'n llai o lawer na'i lais arferol. 'Gwesty ydy o, ia?'

'Tŷ Mam a Dad,' meddai Siwan. Doedd hi ddim wedi egluro hyn yn iawn iddo, o fwriad. Ei theimlad oedd y byddai Alfan yn teimlo'n llawer mwy anhapus i ddod am benwythnos i gartre rhywun nag i westy, oedd yn dir mwy niwtral. Ac o'i ymateb rŵan, roedd hi wedi gwneud y penderfyniad iawn.

'Fan'ma! Fan'ma dach chi'n ... byw!'

---

| | |
|---|---|
| **doedd dim amdani** – *there was no choice* | **busneslyd** – *nosy, interfering* |
| | **crensian** – *to crunch* |
| **ymdrech** – *effort* | **cerrig mân** – *gravel* |
| **drutach** – *more expensive* | **o fwriad** – *intentionally* |
| **dadbacio** – *to unpack* | |

'Dw i ddim yn byw 'ma rŵan, nac'dw! A deud y gwir, wnes i ddim ond byw yma am ryw flwyddyn cyn i mi fynd i ffwrdd i weithio. Dw i'n teimlo dim am y lle. Ond ma'n reit neis, dydy?'

Edrychodd Siwan ar yr adeilad urddasol o'i blaen fel tasai'n edrych drwy lygaid Alfan arno, am y tro cyntaf. Roedd y garreg felen yn dal pelydrau haul y pnawn, a'r eiddew yn ymestyn uwchben y drws ffrynt mawr derw. Roedd yna botiau blodau chwaethus wedi eu gosod bob ochr i'r drws, yn ffrwydriad o liwiau. Ar y ffenestri mawr braf oedd ar hyd yr adeilad, roedd llenni trwchus wedi eu cau gyda sash euraid. Roedd y lle yn edrych ar ei orau, chwarae teg.

Roedd 'na dri char wedi eu parcio o flaen y garej ddwbwl ar yr ochr chwith yn barod. Ar hyn, daeth Derec allan o'r drws ffrynt, a dechrau chwifio ei fraich dde i gyfeiriad y lle parcio gwag oedd yr ochr bellaf i'r garej.

'Capten Car Park wrth ei waith eto!' meddai Siwan dan ei gwynt, a throi trwyn yr Audi i'r cyfeiriad hwnnw.

'Un, dau, tri, anadla,' meddai Siwan yn ei phen cyn troi at Alfan, a dweud,

'Wel, dyma ni. Pob lwc!'

Yna roedd Derec wedi agor drws y gyrrwr ac yn rhoi coflaid gynnes i Siwan.

---

| | |
|---|---|
| **pelydrau** – *rays* | **ffrwydriad** – *explosion* |
| **eiddew** – *ivy* | **trwchus** – *thick* |
| **derw** – *oak* | **euraid** – *golden* |
| **chwaethus** – *tasteful* | |

'Siw, lle fuest ti? Roeddan ni'n dy ddisgwyl di awr yn ôl, cofia!'

'Sori, traffig, a stopion ni am banad ar y ffordd, do, Al?'

'Do!' meddai Alfan, a chlirio ei wddw gan fod ei lais yn swnio'n gryg.

'Wel, dowch allan! Dowch allan! I mi gael eich gweld chi'n iawn!' meddai, ac ymhen munud roedd y tri ohonyn nhw'n sefyll yn ddigon lletchwith y tu allan i'r car.

'Mi ddaw dy fam mewn dau funud. Wrthi'n dangos Cai ac ... Esther ...'

'Estella,' atebodd Siwan, cyn iddi gael cyfle i stopio'r enw rhag dianc.

On'd oedd ei henw hi – E S T E L L A – wedi bod ar flaen ei meddwl ers y funud wnaeth hi glywed?

'Ia, dyna chdi. Fuest ti'n un dda erioed am enwau, do, cariad?' meddai'r tad a rhoi ei fraich am ei hysgwydd yn annwyl. Gwenodd Siwan yn ôl arno, ac yna gwenodd ar Alfan, oedd yn dal i fethu peidio â chymryd cipolwg ar y plasty o'i flaen, a meddwl beth oedd o'i flaen yntau dros y penwythnos.

---

**gryg** – *hoarse*        **lletchwith** – *awkward*

# PENNOD 10
# ALFAN

Dyn a golwg glên arno oedd y tad, a chymerodd Alfan ato yn syth. Dyn tal â sbectol gron oedd o, a'i wallt yn dechrau mynd yn denau ar y top. Roedd ei fam wastad wedi dweud wrtho am edrych ar wyneb rhywun newydd i weld oedd ganddyn nhw linellau blin rhwng eu haeliau, neu linellau chwerthin yn ymestyn o gorneli eu llygaid. Dyn oedd wedi gwenu lot oedd tad Siwan.

Yna estynnodd ei law allan i Alfan, ac ysgwyd ei law yntau'n wresog.

'Ma'n siŵr bod Siw 'di deud yn barod, ond Derec dw i. A Derec fydda i hefyd, 'sdim isio'r lol Mr Jencins na dim byd felly, ydy hynny'n glir? Ddim os ydan ni'n mynd i fod yn gweld mwy ar ein gilydd o hyn ymlaen, ynte!'

'Sut dach chi, Derec?' atebodd Alfan yn glên. 'Al dw i.'

'Al, ia! Al yn fyr am Alwyn ella? Aled?'

'Jest Al, iawn?' meddai Siwan ar eu traws, ac roedd erbyn hyn wedi troi ei phen i gyfeiriad sŵn crensian traed ar y cerrig mân.

'Pam na faset ti wedi galw i ddeud eu bod nhw wedi

| | |
|---|---|
| **cymryd ato** – *to take a liking to him* | **aeliau** – *eyebrows* |
| | **ymestyn** – *to stretch* |
| **cron** – *round, circular (fem.)* | **gwresog** – *very warm* |

cyrraedd, Derec!' meddai'r ddynes dal a ddaeth i'w cyfarfod. Gwisgai ffrog hir olau a mwclis mawr trwm. Roedd hi wedi bod yn arbennig o hardd ryw dro yn ei bywyd, meddyliodd Alfan, ac roedd hi'n anhapus iawn i ollwng gafael ar y ddelwedd honno er ei bod yn dechrau mynd yn hŷn.

'Ond roeddat ti'n dangos Cai ac Est ... Est ...'

'Estella ydy enw'r hogan, sawl gwaith sydd isio deud wrthat ti!' meddai'r fam yn bigog. 'A doeddan nhw ddim isio llawer o 'nghwmni fi ar ôl i mi ddangos y stafell iddyn nhw. Roeddan nhw am fynd i gael rhyw napan bach cyn swper, meddan nhw. Siwrnai hir.'

'Esgus reit dda!' meddai Derec a rhoi rhyw chwerthiniad bach direidus a winc ar Alfan. Sylwodd Alfan fod Siwan wedi edrych ar ei thraed.

'Derec!' meddai'r fam, ac yna, fel tasai hi'n sylweddoli bod Siwan ac Alfan yn sefyll yno, rhoddodd ryw hŷg fach oeraidd i Siwan.

'Ti'n edrych wedi blino!' meddai, yna trodd at Alfan. 'Ydy hi'n gweithio gormod o hyd, dwedwch?'

Achubodd Siwan y sefyllfa.

'Well i mi gyflwyno pawb, ia? Dyma Olwen – Mam. A Derec, Dad. Ond ti 'di clywed hynny'n barod, do! Ac wedyn dyma Al. Fy nghariad i,' meddai, gan bwysleisio'r gair 'cariad'. Heb i Alfan ei ddisgwyl, rhoddodd Siwan ei braich drwy ei fraich o a rhoi ei phen i orwedd ar ei ysgwydd am eiliad. Gan fod Siwan yn dipyn talach na fo, roedd hyn yn teimlo'n fwy chwithig byth!

---

**mwclis** – *necklace*          **napan** – *nap*

**delwedd** – *image*

'Wel, dda gen i'ch cyfarfod chi ... Al,' meddai'r fam, yn amlwg yn anghyfforddus gyda'r enw cryno. 'Mae gynnoch chi lond eich dwylo efo Siwan yma, dw i'n siŵr. Ma' raid bod gynnoch chi fynadd Job, dyna'r cyfan ddeuda i!'

'Ty'd, Olwen! Dw i'n siŵr bod y ddau wedi blino ac yn tagu isio panad o de, neu rywbeth cryfach ella, ia, Al?'

'Mi fasai panad yn grêt! Diolch,' meddai Alfan.

'Ddown ni draw atach chi mewn dau funud ar ôl i ni nôl y bagiau o'r bŵt,' meddai Siwan, a throdd ar ei sawdl a dechrau cerdded yn ôl am y car cyn i Derec gael cyfle i gynnig helpu.

Roedd hi wedi agor cist y car ac yn syllu ar y bagiau pan gyrhaeddodd Alfan.

'Ti'n iawn?' gofynnodd iddi.

'Ydy hi'n rhy hwyr i ni jest neidio i'r car a diflannu o 'ma?' gofynnodd Siwan.

'Ddim y fi sydd i fod i ddeud hynna?' meddai Alfan. 'Ti adra, cofia!'

'Hmm ...' atebodd Siwan. 'Tydy fan'ma 'rioed wedi teimlo fel "adra" i mi,' meddai wedyn. 'Ac mae dau funud yng nghwmni'r ddynas 'na ...!'

Doedd dim rhaid i Siwan orffen ei brawddeg. Dechreuodd dynnu ei bag allan o gist y car.

Penderfynodd Alfan y byddai'n cario eu bagiau i mewn i'r tŷ.

'Wedi'r cwbl, dw i isio edrych fel taswn i'n edrych ar dy ôl di, does? Fel gŵr bonheddig!' meddai'n bryfoclyd.

---

**enw cryno** – *shortened name*     **cist y car** – *car boot*
**mynadd Job** – *the patience of Job*

'Neu fel gwas?' atebodd Siwan yn swta.

'Stwffia chdi, 'ta!' meddai Alfan, wedi ei frifo. 'Caria nhw dy hun!'

Dechreuodd Alfan gerdded tuag at y drws ffrynt enfawr, a gallai glywed traed Siwan yn brysio y tu ôl iddo ar hyd y cerrig mân.

Os oedd y tu allan i'r tŷ yn grand roedd y tu mewn hyd yn oed yn fwy arbennig. Dringai grisiau derw mawr urddasol o ganol y cyntedd mawr braf. Roedd lamp fawr, nid yn annhebyg i *chandelier*, yn hogian o'r nenfwd uchel, a'r teils drudfawr ar y llawr yn sgleinio.

Daeth Derec draw o'r gegin fawr olau yn y cefn, ac Olwen ei wraig ddim yn bell y tu ôl iddo.

'Dowch draw i'r gegin. Reit, be gymrwch chi? Te? Coffi? 'Ta rhyw *aperitif* bach cyn swper ella, Al? Be dach chi'n ddeud?'

'Ma' Al 'di deud yn barod mai panad mae o isio. Do, Al? Chdi a dy *aperitif*, wir!'

Allai Alfan ddim peidio â sylwi sut roedd hi'n dweud 'Al', mewn ffordd oedd dipyn bach yn chwerw, fel tasai hi ddim yn credu mai dyna oedd ei enw go iawn. Neu efallai ei fod o'n dychmygu pethau. Roedd yr holl sefyllfa mor bell oddi wrth y byd cyffredin fel nad oedd o ddim yn siŵr be oedd yn wir a be oedd ddim yn wir erbyn hyn.

Dilynodd Alfan y ddau i'r gegin, lle roedd arogl coginio hyfryd yn dod o'r popty. Clywodd Siwan yn dilyn y tu ôl iddo.

| | |
|---|---|
| **gwas** – *servant* | **drudfawr** – *very expensive* |
| **swta** – *curt* | **sgleinio** – *to shine* |
| **nenfwd** – *ceiling* | |

# PENNOD 11
# SIWAN

Roedd hi wedi bod yn gwario eto ar y gegin – rhyw beiriant golchi llestri oedd yn gwneud pob dim ond canu a dawnsio, o beth oedd hi'n ddweud. Edrychodd Derec ar Siwan a rowlio ei lygaid, a gwenodd hithau'n ôl. Roedd hi wedi prynu'r peiriant yma'n arbennig ar gyfer y parti, roedd Siwan yn siŵr o hynny, ond wnaeth hi ddim cyfadde, wrth gwrs.

Yng nghornel y gegin, ar fwrdd gwyn newydd, roedd yna fynyddoedd o lestri gwyn newydd sbon, yn dal pelydrau'r haul. Wrth eu hymyl roedd yna focs o gyllyll a ffyrc a llwyau gloyw. Wedi cael eu benthyg nhw ar gyfer yr achlysur oedd hi, eglurodd. Roedd yna gwmni da iawn yn y dref oedd yn llogi pob dim fasech chi ei angen ar gyfer unrhyw achlysur. Ac ar ddiwedd y parti, y peth da oedd eu bod nhw'n mynd â phob dim i ffwrdd heb i chi orfod eu glanhau na dim. 'Didrafferth iawn, ynte, Siwan?'

'I be oeddach chi isio prynu'r peiriant golchi llestri crand arall felly, os ...'

---

**cyfadde** – *to admit*          **llogi** – *to hire (out)*
**gloyw** – *shining*

Ysgwyd ei phen wnaeth Olwen, ac edrych ar Alfan druan oedd yn edrych yn fwy tebyg i bysgodyn allan o ddŵr nag erioed. Roedd Derec wedi rhoi gwydraid mawr o wisgi iddo i fynd efo'r banad, ac roedd Alfan yn llyncu tipyn go lew ohono yn ei nerfusrwydd.

'Tynnu'n groes mae Siwan yn licio'i wneud, bob cyfle, ynte, Al? Dw i'n siŵr bod chi'n cytuno efo fi!'

'Dw i'm yn ... Ydy, mae hi wrth ei bodd yn ... tynnu'n groes,' mwmiodd Alfan, a rhyw hanner gwenu ar Siwan cyn cymryd llond ceg arall o'r stwff brown golau yn y gwydr.

Roedd llygaid Siwan ar y drws wrth iddyn nhw siarad. Byddai Cai a'r Estella yna yn dod i lawr y grisiau ac i'r gegin unrhyw funud. Roedd wedi gweld lluniau ohoni hi wrth gwrs ar y Gweplyfr. Doedd yr enw Estella ddim yn ofnadwy o gyffredin, wedi'r cwbl. Tasai hi'n Sioned neu'n Ffion fe fyddai pethau wedi bod yn wahanol. Roedd hi'n edrych yn fyr, o edrych ar y lluniau, yn llawer iawn byrrach na Siwan. Gwallt lliw llygoden, llygaid bach duon fel cyraints, hen wên fach hapus bathetig.

Doedd Siwan ddim yn mynd i fedru diodde llawer mwy o hyn.

'Dw i am fynd i fyny grisia am gawod ar ôl teithio,' meddai.

'Syniad da,' meddai Alfan, a neidio oddi ar ei sêt yn ddiolchgar. 'Mi faswn innau'n licio ymlacio ac ymolchi dipyn hefyd.'

Mae'n siŵr fod hyn yn nefoedd ar y ddaear iddo fo.

---

**tynnu'n groes** - *to be awkward*  
*or contrary*

**Gweplyfr** - *Facebook*  
**cyraints** - *currants*

Cael digon o fwyd, digon o gyfle i ymolchi, gwely glân i gysgu ynddo fo bob nos ... Pam yn y byd wnaeth Siwan erioed boeni y byddai'n gwrthod y cynnig i ddod yma am benwythnos, meddyliodd!

'Ddo i i fyny efo chi!' meddai Olwen, a chyn i Siwan fedru protestio roedd hi'n arwain y ffordd i fyny'r grisiau ac yn siarad pymtheg y dwsin am y bwyd roedd hi wedi ei archebu ar gyfer nos fory. Ond wedi cyrraedd top y grisiau, mi aeth ymlaen at ben draw'r coridor a stopio wrth ymyl y stafell sbâr fawr oedd yn edrych dros yr ardd lysiau.

'Dyma chi. Dw i 'di gneud y gwely'n barod i chi bora 'ma, ac mae 'na ddigon o dyweli.'

Agorodd y drws led y pen i ddangos y gwely dwbwl mawr braf. Edrychodd Alfan ar Siwan, ac edrychodd Siwan yn ôl arno yntau.

'Dan ni'm isio gwely dwbwl!' meddai Siwan, ac agorodd llygaid ei mam yn fawr mewn syndod.

'Ond 'sdim rhaid i chi gogio, Siwan! Dan ni'm yn hen bobl eto! Ma'n teimlo fel ddoe pan oeddan ninna'n ifanc a ...'

'Ylwch, peidiwch â chreu embaras i bawb, wnewch chi?' meddai Siwan, gan groesi ei breichiau.

'Dan ni'm yn ...' dechreuodd Alfan yn chwithig, ac wedyn meddai, 'Dim ond newydd ...'

'Dydy pobl ddim yn neidio i mewn i'r gwely efo'i gilydd dyddia yma, chi! Dan ni 'di callio tipyn ers y "Swinging Sixties"!' meddai Siwan yn bwysig.

---

| | |
|---|---|
| **pymtheg y dwsin** - *nineteen to the dozen* | **syndod** - *astonishment* |
| **lled y pen** - *wide (open)* | **callio** - *to become wiser* |

'Wel, meddwl o'n i, wrth bod Cai ac Estella'n rhannu ...'
Torrodd Siwan ar ei thraws.

'Wel rŵan dach chi 'di gneud i bawb deimlo'n annifyr!
Da iawn chi!'

Gafaelodd Siwan yn ei bag a dechrau cerdded i lawr
y coridor tuag at ei hen stafell wely. 'Does 'na'm lojar na
neb yn cysgu yn fy stafell i, gobeithio!' meddai, gan agor y
drws ac yna'i gau yn glep.

Eisteddodd ar ei gwely. Roedd hi'n hen gnawes, roedd
hi'n gwybod hynny. Ac roedd hi wedi gorymateb. Ond
dyna fo, fyddai Olwen yn disgwyl dim byd arall ganddi.
Doedd hi ddim yn gwybod be arall i'w wneud, ac Olwen
wedi cymryd yn ganiataol bod Alfan a hithau'n cysgu efo'i
gilydd. Roedd yna rywbeth am fod yn ôl yng nghwmni
Olwen a Derec oedd yn ei throi yn blentyn unwaith eto, a
hithau'n dri deg dau.

Edrychodd o gwmpas ei hystafell wely. Doedd hi'n
teimlo dim byd am y lle. Roedd ei rhieni (Olwen, mae'n
siŵr) wedi ailbapuro, ac wedi newid y carped. Doedd 'na
ddim un arwydd bod Siwan erioed wedi rhoi ei throed
yma o'r blaen. Agorodd y wardrob, ac o leia roedd rhai o'i
dillad yn dal i hongian yno, er eu bod nhw wedi cael eu
stwffio i'r pen pellaf. Ond allai Siwan ddim hyd yn oed
teimlo siom. Doedd hi'n teimlo dim byd. Doedd y stafell
na'r tŷ yn golygu dim iddi hi.

---

| | |
|---|---|
| **yn glep** – *with a slam* | **ailbapuro** – *to repaper* |
| **cnawes** – *bitch* | **hongian** – *to hang* |
| **gorymateb** – *to overreact* | |
| **cymryd yn ganiataol** – *to take for granted* | |

Clywodd gnoc ysgafn ar y drws, ac ar ôl ychydig eiliadau, daeth Alfan i mewn.

'Wps,' meddai, a mynd i eistedd ar y gadair binc yn y gornel, cadair doedd Siwan erioed wedi ei gweld yn ei bywyd o'r blaen.

'Aeth hynna'n dda, do?' meddai dan wenu. Roedd o mor ddel pan oedd o'n gwenu, meddyliodd Siwan eto. Roedd rhywun yn medru anghofio ei wyneb llwyd a'r cysgodion tywyll dan ei lygaid pan oedd o'n gwenu, ac anghofio be oedd o.

'Wneith hi amau rhywbeth, ti'n meddwl?' gofynnodd Alfan. 'Amau bod rhywbeth o'i le?'

'Olwen ydy hi, 'de! Pwy ddiawl sy'n gwbod be sy'n mynd ymlaen yn y brên yna sgynni hi!' meddai Siwan, yn fwy ffyrnig nag roedd hi wedi ei fwriadu.

'Siwan, ga i ofyn rhywbeth i ti?' gofynnodd Alfan, a golwg boenus ar ei wyneb.

'Ti 'di gneud dim byd arall ers cerdded i mewn i'r stafell 'ma!' meddai Siwan yn ysgafn, ond doedd hi ddim yn edrych ymlaen at y cwestiwn.

'Pam ti'n galw dy dad a dy fam yn Olwen a Derec a ddim yn ... wel, Mam a Dad? Mae o jest yn swnio'n od iawn i mi, rhaid mi ddeud.'

'O, a ti'n arbenigwr ar deuluoedd rŵan, mwya sydyn, wyt ti, Al? Lle mae dy deulu di, 'ta, os ti'n dallt teuluoedd mor dda? Pam bo chdi'n cysgu allan ar y stryd yn lle bod

| | |
|---|---|
| **cysgodion** – *shadows* | **arbenigwr** – *expert* |
| **amau** – *to suspect, to doubt* | **mwya sydyn** – *all of a sudden* |
| **ffyrnig** – *fierce* | |

yn gynnes braf ar ryw soffa frown yn rhywle yn edrych ar *Britain's Got Talent?'*

'Blydi snob!'

Roedd o wedi cael ei frifo, roedd hi'n medru gweld hynny ar ei wyneb. Ond cyn iddo fo na hi gael amser i ddweud dim byd arall, daeth cnoc bach gofalus gwrtais ar y drws, ac ymddangosodd wyneb Derec, yn wên i gyd.

'Ma' Cai ac Estella 'di dŵad i lawr am swper rŵan, os liciwch chi ddŵad i lawr pan dach chi'n barod?' meddai.

'Diolch! Mi ddown ni i lawr rŵan!' meddai Alfan yn glên, a sefyll ar ei draed.

Aeth allan heb ddweud yr un gair arall wrth Siwan. Gallai Siwan glywed sŵn ei draed yn mynd i lawr y grisiau.

Ochneidiodd, edrych o gwmpas y stafell unwaith eto, a'i ddilyn.

---

**ochneidio** – *to sigh*

# PENNOD 12
# ALFAN

Roedd Alfan yn falch fod Siwan wedi medru dal i fyny efo fo er mwyn i'r ddau gerdded i mewn i'r gegin efo'i gilydd. Er bod Alfan yn edrych yn lân ac yn dwt, yn edrych fel unrhyw un 'normal' arall a dweud y gwir, roedd yr wythnosau o fyw ar y stryd wedi gadael eu hôl arno. Doedd o ddim yn medru peidio â theimlo'n israddol. Doedd bod yng nghwmni pobl eraill ddim yn gwneud iddo deimlo'n gyfforddus. Ac roedd hynny'n arbennig o wir efo pobl fel y rhain.

Mae'n rhaid fod Siwan yn gwybod yn union sut roedd o'n teimlo.

'Ti'n iawn?' gofynnodd Siwan ar ôl iddyn nhw gyrraedd gwaelod y grisiau, a gwasgu ei fraich am eiliad. Hyn oedd yr arwydd mwyaf annwyl roedd o wedi ei gael ganddi erioed. Gwenodd yn ôl arni. Er gwaetha'r ffrae gynnau yn y stafell wely, roedd y ddau ohonyn nhw yn ôl yn yr un tîm unwaith eto. Doedd yr un ohonyn nhw yn perthyn i'r lle yma go iawn.

---

**israddol** – *inferior*

Daeth sŵn chwerthin mawr o gyfeiriad y gegin, a nofiodd y sŵn tuag atyn nhw fel cwmwl o adar. Derec oedd wedi gwneud rhyw jôc, mae'n siŵr, ond roedd yna leisiau diarth wrth gwrs yn y sŵn chwerthin erbyn hyn.

'A! Dyma nhw!' meddai Olwen o'u gweld yn nrws y gegin. 'Ro'n i'n dechra meddwl bod y ddau ohonach chi wedi mynd i gysgu!'

'Neu rywbeth arall!' meddai Derec yn harti, a rhoddodd Olwen edrychiad arno oedd yn dweud 'Cau dy geg'!

'Wel dyma Cai, ein mab ni. Ac Estella, ei gariad. Sori, ei ddyweddi!' meddai Olwen gyda phwyslais ar y gair 'dyweddi' a wnaeth i Estella edrych ar ei thraed yn anghyfforddus.

Boi reit dal â sbectol trendi oedd Cai, a barf goch drwchus ganddo, er bod ei wallt yn dywyll. Roedd ganddo ysgwyddau llydan, fel tasai'n arfer chwarae rygbi. Ac roedd o'n dal i gadw'n heini, yn amlwg, gan nad oedd o wedi dechrau magu pwysau fel rhai cyn-athletwyr oedd wedi stopio ymarfer.

Roedd Estella, ar y llaw arall, yn llygoden fechan, welw. Edrychai hithau yn ddigon anghyfforddus ynghanol y sŵn a'r miri yn y gegin, a sylwodd Alfan ei bod yn gafael yn dynn yn Cai fel petai'n dibynnu arno i'w dal ar ei thraed.

'Al ydy hwn, 'y nghariad i!' meddai Siwan, ac yn sydyn teimlodd Alfan fraich Siwan o gwmpas ei ysgwyddau yn gariadus.

'Neis dy gyfarfod di ... Al ...' meddai Cai, a daliodd

---

**dyweddi** – *fiancé(e)*        **miri** – *high spirits*

**magu pwysau** – *to put on weight*   **dibynnu ar** – *to depend on*

ei law allan, gan edrych i fyw ei lygaid efo'i lygaid glas. Roedd yn gwenu, ond doedd y wên ddim yn cyrraedd ei lygaid.

'Al yn fyr am ...?'

'Al yn fyr am Al,' meddai Alfan yn ôl, a gwenodd y ddau ar ei gilydd eto. Gwên arall oedd ddim yn cyrraedd eu llygaid.

Yn rhyfedd iawn, roedd gan Alfan y teimlad ei fod wedi gweld Cai o'r blaen yn rhywle. Roedd hyd yn oed ei lais yn swnio'n eitha cyfarwydd, ac roedd rhywbeth yn ei lygaid ... Ond feddyliodd Alfan ddim llawer mwy am y peth. Roedd Cymru'n wlad fach ac roedd rhywun yn siŵr o fod wedi gweld ei gyd-Gymry yn rhywle, er bod Alfan a Cai yn troi mewn cylchoedd reit wahanol, yn amlwg. Roedd pawb yn debyg i rywun, wedi'r cyfan. Dyna oedden nhw'n ddweud.

'Haia, ti'n iawn?' meddai Estella, mewn llais oedd dipyn yn is na'r un yr oedd Alfan yn ei ddisgwyl. Rhoddodd ryw hỳg fach swil i Siwan, ac iddo yntau, a gallai Alfan deimlo ei hesgyrn drwy ei dillad.

'Wel, ma' hyn yn neis, tydy!' meddai Siwan, a gwasgodd fraich Alfan eto ac edrych arno dan wenu. 'Pawb efo'i gilydd yn un teulu hapus!'

Roedd tôn sarcastig ei llais yn amlwg i bawb. Daeth Olwen i achub y sefyllfa.

'Wel, gobeithio bod pawb isio bwyd. Dw i 'di gneud *lasagne* digon mawr i borthi'r pum mil!' meddai. 'Ewch!

| | |
|---|---|
| **cyd-Gymry** – *fellow Welsh people* | **esgyrn** – *bones* |
| **is** – *lower* | **porthi'r pum mil** – *to feed the five thousand* |

Ewch drwadd i'r stafell fwyta rŵan! Derec, ti 'di gneud yn siŵr bod gan bawb ddiod?'

Roedd yr ystafell fwyta yn grandiach byth. Hongiai lamp fodern ddrud yr olwg o'r to, ac roedd yr holl ystafell wedi ei haddurno mewn lliwiau niwtral, chwaethus. Doedd Alfan erioed wedi gweld y fath beth ag ystafell wedi ei chadw yn arbennig ar gyfer bwyta. Meddyliodd am ei fam a'i hymdrech ddyddiol i drio cael y teulu i fwyta ar yr un pryd, heb sôn am yn yr un ystafell. Yna gwnaeth Alfan ymdrech fawr i feddwl am unrhyw un ond ei fam.

'Esgusodwch y bwrdd ffwrdd-â-hi, wnewch chi, Estella ac Al?' meddai Olwen wrth ddod i mewn o'r gegin yn cario dysgl fawr hirsgwar yn llawn o *lasagne* chwilboeth.

'Dw i wedi bod mor brysur yn paratoi at y parti 'ma nos fory, dw i ddim wedi cael cyfle i feddwl am heno, a deud y gwir!' meddai, a dechreuodd pawb ddweud bod pob dim yn edrych yn wych ac yn y blaen.

'Wel, steddwch! Derec, helpa bobl, wir! Yn lle sefyll yna!'

Aeth Derec ati i symud fel tasai o'n beiriant mewn ffair a rhywun wedi gwthio deg ceiniog i mewn i'w gefn.

Dechreuodd Alfan feddwl faint o amser fyddai hi tan iddo fedru suddo i mewn i'r gwely cyfforddus yna i fyny'r grisiau.

| | |
|---|---|
| **ffwrdd-â-hi** – *slap-dash* | **chwilboeth** – *piping hot* |
| **dysgl** – *dish* | **ac yn y blaen** – *et cetera* |
| **hirsgwar** – *rectangular* | |

# PENNOD 13
# SIWAN

Roedd hi'n hyllach na'i llun. Nid fel llygoden, ond fel llygoden fawr. Ei gwallt yn syrthio yn donnau seimllyd i lawr ei bochau llwydion. A'i chorff yn fychan ac yn eiddil, heb fawr o siâp. Be yn y byd oedd o'n ei weld ynddi hi? Be ddiawl oedd yr apêl?

Ond roedd Cai ar y llaw arall ... Roedd Siwan wedi ceisio paratoi ei hun at ei weld eto. Wedi ceisio canolbwyntio ar elfennau o'i wyneb ar wahân: ei drwyn, ei fochau, ei geg ... Ei gobaith oedd y basai hynny yn tynnu i ffwrdd rhywfaint oddi ar ei apêl o. Ond roedd hi'n amlwg o'r eiliad y gwelodd hi Cai yn y gegin fod hynny ddim wedi gweithio. Er gwaetha'r farf newydd, Cai oedd o. Roedd y carisma yn dal yno. Dechreuodd ei chalon guro'n gyflymach o'r funud honno, fel rhyw hogan ysgol wirion.

Wnaeth o ond prin edrych arni hi yn ystod y swper. Mi wnaeth o'n siŵr ei fod o'n eistedd yn ddigon pell oddi wrthi fel bod dim rhaid iddo fo siarad llawer efo hi, meddyliodd Siwan. Roedd o ar un pen i'r bwrdd a hithau

| | |
|---|---|
| **llygoden fawr** – *rat* | **bochau llwydion** – *pale cheeks* |
| **seimllyd** – *greasy* | **eiddil** – *weak* |

ar y pen arall. Ond roedden nhw gyferbyn â'i gilydd, felly roedd o'n medru gweld be roedd hi'n ei wneud yn iawn. Ac mi wnaeth hi'n siŵr ei fod o'n gweld yn union faint roedd 'Al' a hithau'n ei feddwl o'i gilydd.

'Felly un o le ydach chi, Al? Yn wreiddiol?' gofynnodd Olwen.

'O ochrau Bangor ... yn wreiddiol,' meddai Alfan, a symud yn chwithig yn ei sêt. 'Ond dw i 'di ... symud o gwmpas dipyn go lew ...'

'Efo'ch gwaith?' holodd Olwen eto.

'Yy ... ia,' meddai Alfan.

'Be dach chi'n wneud felly?'

'Sori?' gofynnodd Alfan mewn penbleth.

'O ran gwaith! Be dach chi'n wneud o ran gwaith?'

Roedd Olwen ar gefn ei cheffyl, ac yn holi Alfan fel twrnai.

'Gweithio ... ar fy liwt fy hun,' meddai Alfan mewn llais distaw.

Ceisiodd Siwan beidio â gwenu

'O? A pha faes dach chi ynddo fo?'

Wrth lwc, Derec achubodd y sefyllfa.

'Rargian fawr, Olwen, rho lonydd i'r hogyn fwyta ei swper, wir! Mae yna ddigon o amser am y Spanish Inquisition yn nes ymlaen yn y penwythnos!'

Sylwodd Siwan fod Cai yn syllu ar Alfan, â golwg ddifrifol iawn arno.

| | |
|---|---|
| **penbleth** – *quandary* | **ar fy liwt fy hun** – *freelance* |
| **ar gefn ei cheffyl** – *on her high horse* | **maes** – *field of expertise* |
| | **llonydd** – *peace* |
| **twrnai** – *lawyer* | |

'Ia wir! Dach chi ddim yn y Llys Ynadon rŵan, chi!' meddai Siwan, dan geisio chwerthin.

Roedd Olwen yn ynad heddwch ers iddi ymddeol o'i swydd lawn-amser, ac roedd statws y rôl yn apelio'n fawr ati, wrth gwrs.

'Beth am lwncdestun, 'ta, ia?' meddai Derec wedyn, gan sefyll ar ei draed. 'I'r cwpl hapus!'

Safodd pawb arall ar eu traed gydag ymdrech gan fod pawb yn reit gyfforddus yn eu seti erbyn hynny!

Daliodd pob un ei wydraid o win i'r awyr a dweud, 'Y cwpl hapus!' fel un côr, ac yfed.

Ac yna ychwanegodd Derec:

'Mae'n golygu lot fawr i Olwen a minnau ... ein bod ni'n deulu o bedwar yn ôl ... Wel, pump, a deud y gwir, ynte! Os nad chwech rhyw dro yn y dyfodol! Ynte, Siwan ac Al?'

'Peidiwch, wir!' meddai Siwan yn ôl, gan gogio embaras, ond, wrth sylwi bod llygaid pawb arni hi ac Alfan, plygodd draw ato a rhoi cusan ar ei foch. Clapiodd pawb, ond roedd Cai yn edrych yn reit annifyr.

Ddim Cai oedd yr unig un. Gallai Siwan weld bod Alfan yn ofnadwy o anghyfforddus efo'r holl sioe. A sioe oedd hi, doedd neb yn meddwl fel arall heblaw am Olwen a Derec. Efallai na ddylai hi ddim bod wedi gwneud cymaint o ffws. Ond roedd y gwin yn help i wneud iddi beidio â phoeni gormod.

Doedd 'Y Llygoden Fawr' ddim yn rhy hapus i ddweud gormod am ei chefndir chwaith, o'r hyn welai Siwan.

---

**Llys Ynadon** – *Magistrates' Court*   **llwncdestun** – *a toast*
**ynad heddwch** – *justice of the*   **cefndir** – *background*
*peace*

Doedd hyd yn oed Olwen ddim yn medru tynnu llawer o fanylion allan ohoni. Roedd hi wedi cael ei geni yn yr Alban, meddai hi (ar 'un o'r ynysoedd', wnaeth hi ddim dweud mwy) a'i magu wedyn yn Iwerddon. Cafodd ei haddysg uwchradd yng Nghymru, a dysgu Cymraeg yno. Doedd ganddi hi ddim acen o nunlle penodol – fe allai fod wedi dod o'r lleuad! Dechreuodd Siwan chwerthin yn ysgafn, gan gymryd joch dda o'r gwin gwyn hyfryd roedd Derec wedi ei brynu ar gyfer y penwythnos. Daeth darlun i'w phen o Estella yn sboncio ar y lleuad, a chlustiau llygoden enfawr a wisgers ganddi.

Pan ddechreuodd Olwen siarad am ddyddiad priodas Cai ac Estella, stopiodd Siwan wenu. Be oedd yn bod ar y blydi ddynas! Doedd y parti dyweddïo ddim wedi bod eto, a dyma ni hon yn dechrau trefnu'r briodas yn barod. Roedd Cai yn amlwg yn anghyfforddus efo llwybr y sgwrs, ac roedd Estella fach bron â gwichian yn ei hembaras.

Dyna pryd wnaeth Siwan blygu ymlaen at Alfan a dechrau sibrwd yn ei glust yn gariadus a chwarae efo'i wallt. Ar y gwin roedd y bai am hynny hefyd, mae'n siŵr, dyna feddyliodd hi wedyn. Wel, ar y gwin roedd rhan o'r bai. Ond roedd yr holl sefyllfa yn gwneud iddi deimlo'n reit sâl, a'r unig ffordd y gallai hi feddwl am fedru diodde'r holl beth oedd drwy chwarae ei gêm ei hun. A beth bynnag, roedd Alfan yn edrych yn reit olygus mewn dillad neis, ac oglau'r *eau de Cologne* drud yna roedd hi wedi ei brynu iddo yn nofio o'i gwmpas ...

| | |
|---|---|
| **manylion** – *details* | **gwichian** – *to squeak, to squeal* |
| **joch** – *draught, a mouthful* | **golygus** – *handsome* |
| **sboncio** – *to spring, to skip* | |

Mi aeth hi'n rhy bell. A'r peth nesa roedd pob dim wedi digwydd ar unwaith. Roedd y gwin wedi tywallt ar draws y bwrdd i gyd, roedd Alfan wedi neidio ar ei draed, Olwen wrth ei ochr ymhen eiliadau yn ffysian fel rhyw hen iâr, Derec wrthi'n dweud rhywbeth doniol oedd ddim yn ddoniol o gwbl ...

Ac yna fe aeth Alfan allan o'r stafell gan ddweud rhywbeth am fod wedi blino. Aeth pawb arall yn ddistaw wedyn, gan geisio peidio ag edrych ar ei gilydd a phigo ar friwsion bwyd doedd neb eu heisiau go iawn.

Dyna beth oedd swper llwyddiannus, meddai Siwan wrthi ei hun, gan wenu. Roedd gweld pawb mor anghyfforddus yn werth pob ceiniog roedd hi wedi ei gwario ar Alfan. Ond roedd yn rhaid iddi fod yn ofalus. Tasai Alfan yn penderfynu ei fod wedi cael llond bol ac efallai'n dweud mai celwydd oedd eu perthynas i gyd, yna fe allai pethau fynd yn anodd iddi. A dweud y gwir, roedd hi'n teimlo'n reit ddrwg am wneud i Alfan deimlo mor annifyr fel ei fod o'n methu diodde mwy ac wedi gadael y stafell, cyn gorffen ei bwdin. Un peth oedd ei berswadio i chwarae'r gêm drwy ddod efo hi yno am y penwythnos, peth arall oedd gwneud y profiad yn ofnadwy iddo. Fe fyddai hi'n cael gair efo fo bore fory, i wneud yn siŵr bod pethau'n iawn.

---

**briwsion** – *crumbs*

# PENNOD 14
# ALFAN

Ar ôl cyrraedd ei stafell, gorweddodd Alfan ar y gwely plu cyfforddus a syllu ar y nenfwd, heb roi'r golau ymlaen. Tu allan i'r plasty, roedd y lamp fawr yn taflu tipyn bach o olau drwy'r ffenest, ac roedd yna leuad llawn. Roedd gorwedd yma'n deimlad mor braf, ac roedd hi mor dda bod allan o gwmni'r holl bobl yna i lawr y grisiau. Gallai glywed sŵn eu siarad yn y pellter, fel sŵn isel cacwn mewn gardd hyfryd ynghanol haf poeth ...

Penderfynodd dynnu ei ddillad a mynd i'r ystafell ymolchi. Safodd yn syllu arno'i hun yn y drych. Wedi tynnu ei grys smart, roedd o'n edrych fel yr hen Alfan eto. Sawl gwaith roedd o a Macs wedi syllu arnyn nhw'u hunain fel hyn yn y drych adra, am y gorau i dynnu stumiau nes gwneud i'r llall ddechrau chwerthin? Roedd hi'n gêm doedd neb ond Macs a fo yn gwybod amdani. A rŵan, dim ond Alfan oedd yma i gofio. Er gwaetha'r ffaith ei fod o'n gwneud pob dim i drio anghofio am ei frawd.

---

| | |
|---|---|
| **plu** – *feathers* | **am y gorau** – *to prove who is* |
| **cacwn** – *wasps* | *the best* |
| | **tynnu stumiau** – *to pull faces* |

Wedi ymolchi a glanhau ei ddannedd, llithrodd Alfan i mewn i'r gwely a mwynhau teimlad y dillad gwely cotwm oer ar ei groen. Faint o weithiau roedd o wedi dychmygu gwely glân braf pan oedd o'n cysgu ar y fatres denau ar y stryd? Roedd cau ei lygaid a meddwl amdano'i hun yn ôl yn ei hen stafell yn ei gartre yn cau allan yr oerni a'r glaw a'r ofn roedd o'n ei deimlo. Am eiliad, roedd o'n medru anghofio am yr hen deimlad gwag o beidio â bod wedi bwyta digon. Dim ond ers dau fis roedd o'n cysgu heb do uwch ei ben, ond roedd hi'n rhyfedd fel roedd rhywun yn datblygu tactegau ymdopi. Dychymyg oedd ei ffrind gorau ers ei fod o'n fachgen bach, a doedd ei ddychymyg ddim wedi ei siomi yn ddiweddar chwaith.

Ond er iddo gau ei lygaid a cheisio cysgu heno, doedd o ddim yn medru llithro i fyd cwsg. Roedd bod yn y tŷ yma efo Siwan, yn chwarae'r gêm hurt yma o esgus bod yn gariadon o flaen Derec ac Olwen, ac o flaen Cai ac Estella ... Roedd o wedi colli'r arfer o siarad efo pobl ac roedd lleisiau pawb o gwmpas y bwrdd amser swper yn atseinio yn ei ben. Be oedd yn bod arno fo yn cytuno i gymryd rhan yn yr holl ffars?

Roedd 'na rywbeth oedd yn ei boeni, rhywbeth oedd ddim yn teimlo'n iawn ...

Wedi munudau lawer o orwedd yno, yn hollol effro, cododd a mynd at boced ei siaced. Chwiliodd am ei ffôn, y ffôn roedd Siwan wedi ei roi iddo. Edrychodd arno

---

**dychymyg** – *imagination*          **hurt** – *foolish*

am eiliad neu ddau, ac yna dechreuodd ddeialu'r rhif cyfarwydd. Roedd ei ddwylo yn crynu wrth iddo wrando ar y tôn yn canu. Ac yna roedd hi yno. Ei fam.

'Helô?'

Ei llais yn swnio'n flinedig, ac eto'n obeithiol, efallai. 'Ta Alfan oedd yn dychmygu hynny hefyd?

'Helô?' gofynnodd am yr ail waith, cyn ochneidio a diffodd y ffôn.

'Dw i'n iawn, Mam. Dw i'n fyw. Dw i'n iawn,' meddai Alfan wrth yr ystafell wag.

Aeth i eistedd ar y gadair gyfforddus am ychydig, a syllu allan drwy'r ffenest ar yr ardd fawr braf. Roedd pob man i'w weld yn glir dan y lleuad llawn.

Ar ôl tipyn o amser yn eistedd a syllu, cododd o'r gadair, wedi gwneud penderfyniad. Gwisgodd amdano'n sydyn. Doedd yna ddim pwynt gorwedd yn ôl yn y gwely a hel meddyliau. Roedd o angen clirio'i ben, ac yn crefu am yr awyr iach roedd o wedi arfer cymaint efo fo. Ar noson mor braf, byddai mynd am dro o gwmpas y gerddi yn beth da i'w wneud. Roedd o'n crefu am dawelwch gardd wag ynghanol nos, am dawelwch meddwl.

Doedd 'na ddim smic yn dod o'r ystafell fwyta pan safodd ar ben y grisiau i wrando, ac roedd y stafell mewn tywyllwch. Doedd yna ddim golau chwaith yn dod o'r gegin. Roedd pawb wedi mynd i'w gwelyau erbyn hyn, diolch byth.

| | |
|---|---|
| **gobeithiol** – *hopeful* | **crefu** – *to crave* |
| **syllu** – *to stare* | **tawelwch meddwl** – *peace of* |
| **hel meddyliau** – *to ponder,* | *mind* |
| *to be melancholic* | **dim smic** – *not a sound* |

Cerddodd Alfan yn gyflym i lawr y grisiau ac allan drwy'r drws ffrynt mawr braf, gan gofio rhoi'r drws ar latsh fel ei fod yn medru dod yn ôl i mewn ymhen ychydig. Anadlodd yn ddwfn wrth gyfarfod aer oer y nos.

# PENNOD 15
# SIWAN


Clywed sŵn i lawr y grisiau wnaeth hi, a phenderfynu mynd i fusnesu. Ond doedd dim golwg o neb ar ôl iddi gyrraedd gwaelod y grisiau. Yna aeth i'r gegin i gael diod o ddŵr. Doedd hi ddim yn medru yfed alcohol fel roedd hi'n medru yfed ers talwm, ac roedd yr hen deimlad sych yn ei gwddw yn gwneud iddi deimlo'n sâl. A heno roedd hi wedi yfed mwy nag arfer.

A beth bynnag, roedd y noson yn troi yn ei phen, a'r holl fusnes efo trio gwneud Cai yn genfigennus yn fwy o straen arni nag oedd hi'n ei feddwl. Doedd hi ddim mewn hwyliau mynd i gysgu, er gwaetha anasthetig y Pinot Grigio.

'Dal yn methu dal dy ddiod?'

Dychrynodd llais Cai hi. Ceisiodd ailafael yn ei hyder. Yr hyder hwnnw oedd mor amlwg i bawb yn ei bywyd bob dydd.

'Dw i'n iawn, diolch i ti am boeni!'

---

**cenfigennus** – *jealous*    **ailafael** – *to regain*
**mewn hwyliau** – *in the mood*

'Dydw i'm yn poeni,' meddai Cai yn ôl. 'Jest gofyn'.

Safodd y ddau heb siarad am eiliad fach, yn edrych ar ei gilydd.

'Well i ti fynd 'nôl fyny at Estella fach yn reit handi? Dw i'n siŵr fydd hi'n mynd yn unig heb *lover boy* i edrych ar ei hôl hi mewn tŷ diarth!'

'Aw!' meddai Cai, a mynd at y cwpwrdd i nôl gwydr. Agorodd gwpwrdd yn llawn platiau.

'Ti dal yn ddiarth yma hefyd, dwyt!' meddai Siwan, yn hanner pryfocio.

'Mae Mam a Dad 'di bod yn groesawgar iawn, chwarae teg,' atebodd Cai, gan ddod o hyd i'r cwpwrdd cywir lle roedd y gwydrau'n cael eu cadw.

Wnaeth Siwan ddim colli'r pwyslais roedd o'n ei roi ar y geiriau.

'O, ydyn!' atebodd Siwan. 'Ma'r teulu bach yn hollol berffaith rŵan, tydy!' Yna meddai, 'Tasan nhw ond yn gwbod!'

'Yli, ddown nhw byth i wbod, na wnân? Dyna ddwedon ni. Camgymeriad oedd o i gyd ...'

'Ia?' gofynnodd Siwan gan droi i edrych i fyw ei lygaid.

'Ti'n gwbod hynny, Siw. Fedrith hyn ddim bod!'

Trodd Cai y tap ymlaen a llenwi ei wydryn efo dŵr. Gwrandawodd Siwan arno'n llyncu'r dŵr fel dyn oedd wedi bod yn yr anialwch.

'Dw i'n licio'r barf! Ti'n edrych fel dyn gwahanol!'

'Dyna oedd y syniad! O'n i'n meddwl ella ...'

---

**pryfocio** – *to provoke*  **anialwch** – *desert*
**croesawgar** – *welcoming*

70

'Ella be?'

Atebodd Cai mohoni. Doedd dim rhaid iddo. Roedd hi'n gwybod beth oedd yn mynd drwy ei feddwl. Roedd o'n gobeithio bod barf yn mynd i wneud iddo edrych yn fwy fel brawd rhywsut.

Safodd y ddau yn edrych allan ar y patio a'r ardd gefn yn y tywyllwch.

'Ers pryd wyt ti ac ... "Al"...?'

'Ydy o'n dy boeni di?' gofynnodd Siwan yn bryfoclyd. Yn obeithiol.

'Ma'i wynab o ... Dwn i'm, ro'n i'n meddwl 'mod i 'di'i weld o yn rhywle o'r blaen.'

'Dw i'm yn meddwl rhywsut,' meddai Siwan, gan drio peidio â gwenu. 'Dach chi ddim yn troi yn yr un ... cylchoedd cymdeithasol ...'

'Nac'dan?' Meddyliodd Cai dros y peth am eiliad. 'Ella bod chdi'n iawn,' meddai o'r diwedd. 'Ond ma'r byd yn fach, meddan nhw, tydy?'

'Ydy,' meddai Siwan. 'Meddan nhw.'

Doedd ganddi hi ddim amynedd efo'i ystrydebau.

Distawrwydd eto.

Gorffennodd Cai y dŵr a rhoi'r gwydr yn y sinc.

'Iawn, dw i'n mynd 'nôl i 'ngwely, 'ta,' meddai, gan gychwyn am y drws.

Efallai mai hynny wnaeth iddi hi ddweud y geiriau'n frysiog.

'Does dim rhaid i ni, sti! 'Sdim rhaid i ni orffen pethau!'

---

ystrydebau – *clichés*

A dyna fo. Roedd y geiriau allan, yn hongian rhyngddyn nhw ar yr aer.

Ysgwyd ei ben wnaeth Cai.

'Yli, dan ni 'di bod dros hyn ...'

'Naddo! Dydan "ni" ddim 'di bod dros hyn o gwbl, Cai! CHDI sydd 'di penderfynu bod rhaid stopio petha! CHDI!'

'Ond sgynnon ni ddim dewis, Siw! Be 'sa fo'n wneud iddyn nhw?'

'Nhw! Pam ti'n poeni amdanyn nhw! Be fasai'r ots, Cai? Go iawn rŵan? Be fasai'r ots i neb ond ni?'

'Mi fasai o'n torri eu calonnau nhw!' atebodd Cai. 'A ti'n gwbod hynny!'

'Nhw ydy pob dim! Be amdana i? Be am fy nghalon i sydd wedi ... wedi cael ei thorri'n rhacs o dy achos di?'

Roedd y geiriau'n byrlymu allan ohoni.

'O'r nefoedd! Callia, wnei di?'

'Callia? Callia?' meddai Siwan, yn methu credu'r hyn roedd hi'n ei glywed.

Roedd yn rhaid iddi ddianc o'r stafell, o'i gwmni o, oddi wrth ei geiriau hi ei hun. Aeth allan o'r gegin ac yna rhedeg am y drws ffrynt, rhedeg a rhedeg, rhedeg am gysgod y goeden fawr ym mhen pella'r ardd.

---

**byrlymu** – *to spurt, to bubble*

# PENNOD 16
# ALFAN


Roedd yn deimlad braf, medru cerdded mewn gardd mor ddel yn yr hanner tywyllwch, meddyliodd Alfan, a theimlo mai fo oedd yr unig un yn y byd oedd yn effro. Pan oedd yn trio cysgu mewn pelen mewn rhyw gilfach oer yn rhywle, doedd o byth yn teimlo fel hyn. Roedd yr ofn a'r perygl yno drwy'r amser. Doedd o byth yn ymlacio'n llwyr, ond wastad ag un llygad ar agor, fel anifail mewn coedwig.

Doedd o ddim yn medru credu ei fod wedi ffonio adra. Mi wnaeth o unwaith o'r blaen, reit ar y dechrau ar ôl iddo fo adael. Roedd o'n meddwl y byddai ei fam yn cysylltu efo'r heddlu ac yn poeni amdano am ei fod o ddim wedi bod adra ers tair noson. Ond rhywsut doedd o ddim yn medru dweud unrhyw beth wrthi y tro cynta hwnnw chwaith pan glywodd ei llais ar ochr arall y ffôn. Roedd o'n rhyw amau ei bod yn gwybod mai fo oedd yn galw, beth bynnag. Mi wnaeth rhywun ddwyn ei ffôn oddi arno ryw ddau ddiwrnod wedyn, felly chafodd o ddim cyfle i drio ffonio eto. Ond welodd o ddim poster 'AR GOLL' a'i wyneb arno ar unrhyw bolyn na ffenest siop. Doedd gan yr heddlu ddim diddordeb os oeddech chi dros ddeunaw oed, siŵr o fod. On'd oedd strydoedd y wlad yn llawn o bobl oedd wedi cerdded oddi wrth eu bywydau, am ba bynnag reswm?

Pam ffonio heno, 'ta? Efallai mai bod ynghanol teulu oedd ddim yn deulu iddo fo, efallai mai dyna'r rheswm. Does dim byd yn gwneud i chi deimlo'n fwy unig na hynny. Neu efallai am ei fod wedi meddwl am Macs wrth syllu yn y drych, a chofio am yr hwyl roedden nhw'n arfer ei gael.

Ar ôl iddo fynd i lawr y dreif at y brif giât ac yn ôl, pwysodd yn erbyn ffens oedd yn gwahanu dwy ochr yr ardd. Roedd yna ychydig o risiau carreg yn arwain i lawr at yr ardd arall, oedd ar lefel is. Gallai weld llwybrau syth, urddasol yn arwain i lawr at ryw ffynnon gron grand oedd yn glir yng ngolau'r lleuad. Roedd hi'n anhygoel sut roedd rhai pobl yn byw, meddyliodd, a theimlodd ryw hiraeth hurt am y lein ddillad denau oedd yn ymestyn o un pen i ardd ei fam i'r llall. A meddyliodd sut roedd o a Macs yn licio cymryd tro ar wthio'r lein ddillad yn uchel, uchel drwy ddefnyddio darn hir o bren, nes bod y dillad yn dawnsio yn yr awyr fel adar. Y pethau bach gwirion oedd yn codi hiraeth yn aml iawn, meddyliodd. Y pethau bach oedd y pethau mawr.

Roedd Alfan ar fin tanio sigarét pan glywodd sŵn y tu ôl iddo o dan y goeden fawr oedd ym mhen pella'r ardd.

---

**am ba bynnag reswm** – *for whatever reason*

**ffynnon** – *well*

**hiraeth** – *longing*

Sŵn rhywun yn siarad oedd o, dau, yn siarad yn isel ac yna'n chwerthin, neu'n crio. Doedd hi ddim yn glir pa un. Am ryw reswm, aeth Alfan dipyn bach yn nes, gan wneud yn siŵr ei fod yn diffodd ei sigarét rhag ofn i'r golau oren ar ben y sigarét ddweud wrth y bobl yma ei fod o yno, pwy bynnag oedden nhw. Fasai o ddim yn synnu tasai tŷ fel hyn yn denu lladron, er bod y nifer o geir o flaen y tŷ yn medru bod yn ddigon i'w dychryn nhw i ffwrdd hefyd. Tŷ gwag oedd dewis lladron fel arfer.

Wrth fynd dipyn bach yn nes, a chadw yn y cysgodion wrth wneud, mi wnaeth Alfan nabod llais un ohonyn nhw. Siwan. Dyn oedd y llall. Oedd Siwan wedi trefnu i gyfarfod rhyw hen gariad o'r pentref efallai, ac wedi dianc allan o'r tŷ ar ôl trefnu i'w gyfarfod? Ac yna wrth iddo fynd ychydig bach yn nes, ac wrth i Siwan afael yn dyner yn wyneb y dyn a'i gusanu, dim ond wedyn wnaeth Alfan nabod y dyn. Cai! Be ddiawl ...?

Yn anffodus, ar y funud honno, safodd Alfan ar ryw frigyn ar y llawr. Torrodd gyda chlec. Neidiodd Siwan a Cai oddi wrth ei gilydd, ond cyn iddyn nhw gael cyfle i ddweud dim byd arall, trodd Alfan ar ei sawdl a rhedeg yn ôl i'r tŷ.

---

**lladron** – *thieves*          **brigyn** – *twig*

**tyner** – *tender*

# PENNOD 17
# ALFAN


Doedd hi ddim yn hir cyn i Alfan glywed cnoc fach ysgafn ar ddrws ei ystafell wely. Roedd o wedi mynd i eistedd yn y gadair wrth y ffenest, a'i feddwl yn troi. Be ddiawl oedd yn mynd ymlaen yn y teulu rhyfedd yma, meddyliodd! Roedd o wedi clywed bod teuluoedd y bobl posh yma'n hollol wallgo, ond roedd hyn yn mynd â'r holl beth yn rhy bell.

Gadawodd i Siwan gnocio am yr ail waith cyn iddo godi o'i gadair ac agor y drws iddi. Roedd hi'n edrych fel tasai hi wedi bod yn crio, ac yn ffigwr gwahanol iawn i'r ddynes hyderus roedd o wedi dod i'w nabod.

'Ga i siarad efo chdi, Al?' gofynnodd, a'i llais yn crynu.

'Does dim rhaid i chdi. Dydy be dach chi'n neud yn ddim o 'musnes i.'

'Ond mae o'n rhan o dy fusnes di, tydy! Dw i'n gweld rŵan y dylwn i fod wedi bod yn onest efo chdi o'r dechra.'

Ddwedodd Alfan ddim byd, ond aeth yn ôl i eistedd ar

---

**gwallgo** – *crazy*

y gadair wrth y ffenest, â'i gefn at Siwan. Ddaeth hithau ddim yn nes.

'Wnaethon ni erioed fwriadu i hyn ddigwydd ...'

'Naddo, mae'n siŵr!' meddai Alfan yn ddigon chwerw. Roedd o'n teimlo'n reit sâl. 'Dyna mae pawb yn ddeud. Am bob dim. Ond efo dy frawd dy hun!'

'Na, ti'm yn dallt.'

Clywodd Alfan hi'n ochneidio.

'Yli, wedi cael fy mabwysiadu dw i.'

Distawrwydd. Aeth Siwan ymlaen.

'Dw i ddim yn blentyn go iawn i Olwen a Derec, a dw i wedi diolch am hynny sawl tro pan oedd Olwen yn mynd ar fy nerfau i, creda fi!'

Chwarddodd Siwan ryw hen chwerthiniad bach nerfus. Aros yn ddistaw wnaeth Alfan.

'Na, maen nhw wedi bod yn garedig efo fi, chwarae teg. Dw i wedi cael pob dim o'n i isio gynnyn nhw. Pob dim materol ... Ond ro'n i wastad yn teimlo ...'

Gwrandawodd Alfan arni'n ymdrechu i ddod o hyd i'r geiriau.

'Ro'n i wastad yn teimlo bod rhywbeth ar goll, rhyngddyn nhw a fi. Bod yna rywbeth gwag yna, rhywbeth do'n i ddim yn medru ei esbonio.'

Roedd Alfan yn medru deall, ond ddwedodd o ddim byd.

'Dw i'n gwbod erioed 'mod i wedi cael fy mabwysiadu. Neu wedi cael fy newis, fel oedd Derec yn arfer ddweud.

---

**mabwysiadu** – *to adopt*      **materol** – *material, physical*

Ac wedyn flwyddyn yn ôl, mi ddaeth Cai i mewn i 'mywyd i. I mewn i'n bywydau ni i gyd ...'

Clywodd Alfan sŵn gwichian y gwely wrth i Siwan eistedd arno.

Aeth Siwan ymlaen. 'Roedd Olwen a Derec wedi bod yn gariadon ers dyddiau ysgol, ac wedyn pan oedd y ddau ynghanol eu cwrs prifysgol, adeg hynny gawson nhw fabi bach.'

'Cai,' meddai Alfan.

'Cai. Ia. Doedd yna ddim ffordd roeddan nhw'n mynd i fedru cadw'r babi, wrth gwrs. Ddim os oedd gan fam Olwen unrhyw beth i'w wneud efo'r peth! Roedd hi'n ddynes ofnadwy o barchus yn y capel. Felly mi wnaethon nhw roi Cai i gael ei fabwysiadu. A welon nhw mohono fo wedyn, tan iddo gerdded i mewn i'n bywydau ni flwyddyn yn ôl.'

'Ond pam oedd rhaid iddyn nhw ...?'

'Fy mabwysiadu i?' gofynnodd Siwan. 'Ar ôl y profiad ofnadwy o roi genedigaeth i Cai ac wedyn ei roi i ffwrdd, doedd ganddyn nhw mo'r galon i fynd drwy hynny i gyd eto. Dyna ddwedon nhw. Roedd mabwysiadu plentyn bach arall yn gwneud mwy o synnwyr, yn rhyw ffordd o wneud iawn am beth oeddan nhw wedi ei wneud. Helpu rhywun arall oedd wedi bod mewn trafferth.'

Aeth y distawrwydd wedyn ymlaen yn hir iawn, wrth i'r ddau feddwl dros y geiriau yn hanner tywyllwch y stafell.

| | |
|---|---|
| **parchus** – *respectable* | **synnwyr** – *sense* |
| **rhoi genedigaeth** – *to give birth* | **gwneud iawn am** – *to make amends for* |

Siwan siaradodd gynta.

'Wnaethon ni ddim trio syrthio mewn cariad. Wnaeth o jest ...'

'Digwydd,' meddai Alfan.

'Ia,' atebodd Siwan. 'Dw i ddim yn gwbod sut dw i'n mynd i fyw fy mywyd efo Cai yn rhan ohono fo, a gorfod cuddio be sgynnon ni rhag pawb arall, Al. Sut dw i'n mynd i wneud hynna, e? Sut!'

'Dw i 'di blino rŵan, Siwan. Faset ti'n meindio gadael?' oedd yr unig beth ddwedodd Alfan yn ôl. Doedd ganddo mo'r egni i ddechrau trafod teimladau efo hon heno. Roedd ganddo sawl peth i gnoi cil arno.

Ac yna, fel roedd Siwan yn gadael y stafell, gofynnodd iddi:

'Cai ... sut fywyd oedd gynno fo cyn iddo fo'ch ffeindio chi? Lle mae o 'di bod? Be oedd o 'di bod yn wneud?'

'Pam ti isio ...?'

'Jest meddwl.'

'Mae o 'di cael bywyd reit galed, dw i'n meddwl,' meddai Siwan. 'Wedi bod mewn trwbl efo cyffuriau, cwffio, pethau fel 'na. Dydy o ddim wedi deud llawer, a dw inna ddim wedi holi.'

Ar ôl i Siwan adael, arhosodd Alfan yn y gadair am hir iawn, cyn gweld y nos yn dechrau cilio a sylweddoli bod y wawr ddim yn bell i ffwrdd. Aeth i'w wely, a'i feddwl yn troi.

| | |
|---|---|
| **egni** – *energy* | **cwffio** – *to fight* |
| **cnoi cil ar** – *to think over* | **cilio** – *to recede, to retreat* |
| **cyffuriau** – *drugs* | **gwawr** – *dawn* |

# PENNOD 18
# SIWAN

Aeth Siwan ddim i gysgu am awr neu ddwy ar ôl iddi
gael y sgwrs efo Alfan. Roedd yr hanes i gyd wedi dod
allan ohoni hi fel rhaeadr, ac roedd hi wedi dweud llawer
mwy nag roedd hi wedi bod isio ei ddweud. Ond rhywsut
roedd o'n deimlad o ryddhad hefyd, cael bwrw ei bol efo
rhywun ar ôl cadw'i pherthynas efo Cai yn gyfrinach ers
blwyddyn. A beth bynnag, doedd ganddi hi ddim llawer
o ddewis, nac oedd, ac Alfan wedi gweld y ddau ohonyn
nhw'n cusanu yn yr ardd.

Roedd hi wedi drysu yn fwy nag erioed erbyn hyn. Pam
oedd Cai wedi ei dilyn allan i'r ardd o gwbl? A hynny er
iddo fo ddweud yn ddigon amlwg bod dim dyfodol iddyn
nhw. Pam oedd o'n chwarae efo'i theimladau hi fel yna, fel
tasai ganddo fo ddim ots o gwbl! O'r hyn roedd hi wedi ei
weld o Estella a Cai efo'i gilydd, doedd hi ddim wedi cael
ei pherswadio mai hon oedd 'carwriaeth fawr y ganrif'!

---

**rhaeadr** – *waterfall*          **drysu** – *to be confused, to confuse*
**rhyddhad** – *relief*          **carwriaeth** – *love affair*
**bwrw bol** – *to get something off*
*one's chest*

---

A doedd hi'n sicr ddim wedi perswadio Cai bod Alfan a hithau mewn perthynas go iawn, chwaith. Roedd yr holl beth yn ffars.

Cysgodd Siwan yn y diwedd a chael breuddwyd gymhleth oedd yn gwneud dim synnwyr. Yn wahanol i'r hyn sy'n digwydd fel arfer ar ôl deffro, doedd bywyd go iawn ddim yn symlach na'r freuddwyd, meddyliodd Siwan wrth orwedd yn ei gwely yn edrych ar y golau yn dod drwy'r llenni. Ac roedd y parti dyweddïo eto i ddod!

Roedd Olwen a Derec wedi gwisgo'n barod pan aeth hi i lawr i'r gegin i gael panad go gryf o goffi, ac Olwen wrthi'n siarad ar y ffôn efo rhywun am y parti. Gwnaeth Derec lygaid ar Siwan, a gwenu.

'Panad? Mae'r peiriant coffi ar ei ail rownd!' meddai, gan roi hỳg iddi. 'Chdi ydy'r unig un sydd ar ei thraed! Cnafon diog!'

Roedd gweld Cai yn mynd i fod yn anodd bore 'ma, felly roedd Siwan yn reit falch o gael cyfle i roi ei meddwl mewn trefn.

'Well, you assured me that the order would be delivered to the house this morning! This really isn't good enough!' meddai Olwen ar y ffôn, yn ei llais swyddogol. 'You do realise the importance of this event tonight, I hope! I have stressed it enough!'

'Be sy?' sibrydodd Siwan wrth Derec.

'Y siop fwyd grand yna'n y dre,' atebodd. 'Maen nhw'n dweud bod gynnyn nhw ddim staff sbâr i ddŵad â'r holl stwff i'r tŷ. A sgen Olwen a fi ddim amser i fynd i'w nôl.'

---

**cnafon** – *rascals*

'Mi fedra i fynd!' atebodd Siwan, yn falch o'r cyfle i gael mynd allan o'r awyrgylch yn y tŷ.

'Diolch, Siw, ond faint o bethau wyt ti'n mynd i fedru eu cario yng nghist y car bach yna sgen ti?' meddai Derec yn garedig.

'Fedra i fenthyg eich car chi?' gofynnodd. 'Mae digon o le yn y Volvo, toes!'

'Dwyt ti ddim ar yr yswiriant,' atebodd Derec. 'Mi fydd rhaid i mi fynd, a dyna fo. Ond mae gan Olwen restr hyd braich o bethau i mi wneud fel mae hi! Dwn i'm pryd ga i'r cyfle!'

'Be 'di'r broblem?'

Doedd yr un o'r ddau wedi clywed Cai yn dod i mewn, rhwng y sgwrs fywiog rhwng Olwen a'r siopwr a phob dim. Wnaeth o ddim edrych ar Siwan. Cydiodd honno yn ei gŵn nos yn hunanymwybodol braidd.

Esboniodd Derec y broblem iddo.

'Wel, mi fedra i fynd yno, medra! Mae'n syml, tydy!' atebodd Cai, a mynd i'r oergell i nôl diod mawr o sudd oren.

'Wel ia, iawn! Os ti'n meddwl bod gen ti'r amsar i sbario, Cai. Mae 'na lot i neud, sti.'

'Mae'n cŵl, Dad. Peidiwch â phoeni. Mi fydd yn braf i mi gael awyr iach, a deud y gwir. Mae'r holl drefniadau yma yn gneud i 'mhen i droi! A dw i angen rhywbeth o'r dre beth bynnag.'

'Well, I shall be writing to your general manager, be

---

**yswiriant** – *insurance*        **hunanymwybodol** – *self-conscious* assured of that! It's very disappointing!' meddai Olwen yn ei Saesneg gorau, gan ddiffodd y ffôn fel tasai hi mewn drama.

'Fedrwch chi gredu'r peth? A ninnau wedi gwario cannoedd efo nhw!' meddai'n flin.

Aeth Cai ati a rhoi ei fraich o gwmpas ei hysgwyddau.

'Dw i'n siŵr fydd y person ar ben arall y llinell ffôn yn crynu yn ei sgidiau rŵan, *Mamma mia!*' meddai, yn annwyl. Roedd Siwan yn gallu gweld Olwen yn toddi yng ngwres ei wên.

'Ond di o'm yn iawn, nac'di, Cai! A'r siop wedi fy sicrhau i y basan nhw'n dŵad â phob dim i'r tŷ!'

'Dan ni 'di sortio pob dim rŵan, beth bynnag!' meddai, gan wenu. 'Dw i am fynd i'r dre i nôl pob dim.'

'Ond ti'm yn gwbod dy ffordd o gwmpas y lle!' protestiodd Olwen, yn dal ychydig yn flin.

'Ella fedrith Siwan fynd efo fo i ddangos lle mae'r siop?' gofynnodd Derec. Basai Siwan wedi medru rhoi sws iddo, roedd hi mor hapus o glywed yr awgrym!

'Syniad da! Ti ddim isio gwastraffu amser yn mynd rownd a rownd mewn cylchoedd, nag oes, Cai!' meddai Siwan, gyda gwên.

Roedd hwn yn gyfle euraid i gael siarad yn iawn efo Cai, tra oedd y ddau ohonyn nhw'n sobor. Iddyn nhw gael trafod yn union be oedd y cam nesa.

Doedd Cai ddim yn edrych yn rhy hapus efo'r syniad.

'Ddim hogyn bach ydw i! Dw i'n siŵr fedra i ddod o

---

**toddi** – *to melt*          **gwastraffu** – *to waste*

hyd i'r siop heb ormod o drafferth!' meddai, gan wneud yn ysgafn o'r peth. 'A dw i'm isio tynnu Siwan oddi wrth Al, nag oes, chwarae teg.'

'Ia, ond mae 'na waith sortio'r bwyd ar ôl ei gael o, Cai! Cynta'n y byd gora'n y byd i ni gael pob dim yma i ni gael dechrau arni!' meddai Olwen, ac roedd Siwan yn medru gweld bod ei phwysau gwaed yn dechrau codi.

Ar hynny, llithrodd Estella i mewn, a golwg hanner cysgu arni.

'Ella basai Estella yn licio dŵad am dro yn y car efo chi!' cynigiodd Derec, yn llawen. 'Dydy hi ddim wedi cael llawer o gyfle i weld yr ardal, naddo?'

Y tro yma, mi fasai Siwan wedi medru ei dagu!

Gwenodd Estella'n wan a gwneud llygaid llo bach ar Cai.

'Mi faswn i'n licio hynny! Lle bynnag dan ni'n mynd!' meddai, mewn rhyw lais bach sopi.

'Ia, syniad da!' meddai Cai, ond doedd Siwan ddim yn medru dweud oedd o'n bod yn eironig neu beidio.

'Reit, wel dyna ni hynna wedi ei sortio!' meddai Olwen. 'Brecwast reit handi i bawb rŵan, i chi gael cychwyn am y dre. Fedra i'm coelio'i bod hi'n hanner awr 'di deg yn barod!'

---

**cynta'n y byd gora'n y byd –** *the sooner the better*

**pwysau gwaed** – *blood pressure*
**llygaid llo bach** – *puppy dog eyes*

# PENNOD 19
# SIWAN


Er mai dim ond deg milltir i ffwrdd oedd y dre, roedd y daith yn teimlo'n ddiddiwedd i Siwan. Roedd hi wedi cael ei rhoi i eistedd yn y sedd gefn, a doedd hi ddim yn medru deall unrhyw siarad rhwng Estella a Cai. Doedd y ddau ddim yn trio ei thynnu hi i mewn i'r sgwrs rhyw lawer chwaith, ac roedd hynny yn gwneud i Siwan deimlo'n waeth byth.

Ar ôl iddyn nhw gyrraedd y dre, rhoddodd Siwan gyfarwyddiadau i Cai ar sut i ddod o hyd i'r maes parcio agosaf at y siop. Roedd dydd Gwener yn ddiwrnod marchnad, ac roedd y lle fel ffair. Awgrymodd Siwan ei bod hi a Cai yn mynd i'r siop fwyd, a gadael i Estella ddod i nabod y dref ychydig ar ei phen ei hun, ond doedd Estella ddim yn hapus efo hynny. Yn amlwg, roedd hi'n un o'r merched hynny oedd yn glynu fel magned i'w dynion, meddyliodd Siwan yn chwerw.

Siop fwyd grandiaf y dre oedd Sullivans gyda phob math o gaws fel darnau lleuad yn y ffenest, a ham

---

**diddiwedd** – *endless*　　　　**glynu** – *to cling, to stick*
**cyfarwyddiadau** – *directions,*
*instructions*

a ffesantod yn hongian o'r nenfwd. Daeth arogleuon bendigedig i ddawnsio allan i'r stryd wrth iddyn nhw fynd yn nes. Roedd pren gwyrdd chwaethus dros bob man y tu mewn, a'r staff yn gwisgo ffedogau glas tywyll ac enw'r siop wedi cael ei wnïo ar bob ffedog.

Eglurodd Siwan ei neges, a gweld y staff yn edrych ar ei gilydd yn nerfus. Roedd Olwen a'i harcheb wedi gwneud eu hunain yn enwog yn y lle, meddyliodd Siwan, ond penderfynodd mai bod yn gwrtais ac yn glên iawn oedd y ffordd orau i ymdopi efo'r sefyllfa chwithig. Ymhen munudau roedd y staff am y gorau i'w helpu, ac yn ymddiheuro'n fawr am fethu dod â'r archeb yn syth i'r tŷ. Rhoddodd y rheolwr ryw ddarn bach o gig oen ychwanegol yn y bocs hefyd, fel ffordd o ymddiheuro.

Erbyn iddyn nhw adael y siop, a Cai yn cario'r bocsys mwya, roedd pawb yn gwenu fel giât.

'Ti'n gwbod sut i drin pobl, dwyt?' meddai Cai wrth Siwan, wrth i Estella edrych arni.

'Mae bod yn glên wastad yn talu!' atebodd Siwan yn swta.

Ond ar ôl iddyn nhw gyrraedd y car, a rhoi pob dim yn y gist, cyhoeddodd Cai ei fod yn gorfod picio i rywle.

'Dach chi'ch dwy'n iawn yn y car? Fydda i ddim yn hir,' meddai.

Atebodd Siwan nac Estella mohono, ond doedd yr un o'r ddwy yn edrych yn rhy hapus.

'Ddo i efo chdi! Faswn i'n licio gweld mwy ar y dre,'

---

**ffedogau** – *aprons*     **picio** – *to pop over*

gwichiodd Estella, gan roi ei braich drwy ei fraich o'n feddiannol.

'Na!' meddai Cai, gan godi ei lais am eiliad. Yna aeth ei lais yn fwy meddal. 'Mae hi'n iawn, cariad. Pum munud fydda i. Gawn ni gyfle i ddŵad i'r dre eto efo'n gilydd cyn bo hir. Dw i'n addo!'

Felly treuliodd Siwan ac Estella yr hanner awr nesa yn eistedd efo'i gilydd yn y car, yn trio codi sgwrs. Doedd hi ddim yn hawdd. Daeth yn eitha amlwg bod gan Estella cyn lleied o ddiddordeb yn Siwan ag oedd gan Siwan ynddi hithau. O'r diwedd meddai Estella, mewn llais oedd ychydig yn fwy caled nag roedd Siwan wedi ei ddisgwyl,

'Yli, 'sdim rhaid i ni drio chwarae *happy families*, nag oes? Ti a fi'n gwbod bod hynny ddim yn mynd i ddigwydd. Dw i yma i Cai. A neb arall. Felly gawn ni stopio cogio fel arall, iawn?'

Cafodd Siwan gymaint o sioc fel nad oedd hi ddim yn medru ei hateb. Roedd Estella yn amlwg ar bigau'r drain, ac yn edrych allan o'r ffenest am Cai bob dau eiliad.

O'r diwedd, fe ddaeth Cai yn ôl at y car, o gyfeiriad hollol wahanol. Roedd o'n wên o glust i glust, ac yn amlwg mewn hwyliau da. Sylwodd Siwan ar lygaid Estella a Cai yn cyfarfod ei gilydd am eiliad, cyn i Cai gychwyn injan y car. Doedd hi ddim yn medru darllen yr edrychiad, ond roedd yna rywbeth wedi digwydd.

Siaradodd Cai bymtheg y dwsin ar y ffordd adra, am bob dim a dim byd. Syllodd Siwan allan drwy'r ffenest, a cheisio cau ei lais allan o'i phen.

---

**meddiannol** – *possessive*　　　　**ar bigau'r drain** – *on tenterhooks*

# PENNOD 20
# ALFAN

Cicio'i sodlau o gwmpas y tŷ roedd Alfan am ran gynta'r bore. Roedd bod yma efo Siwan wrth ei ochr yn ddigon anodd, ond roedd bod yma hebddi yn anoddach fyth. Dros frecwast cafodd Derec gyfle i drio codi sgwrs efo fo, gan holi tipyn am ei gefndir. Gwnaeth Alfan ei orau i drio glynu at y stori yr oedd o a Siwan wedi cytuno arni, ond roedd hi'n straen. Ac roedd Alfan yn medru dweud o'r ffordd yr edrychai Derec arno ei fod o'n meddwl fod Alfan yn cuddio rhywbeth, neu ddim yn dweud y gwir i gyd.

Doedd Alfan ddim yn medru chwarae hoff gêm y Cymry yn un peth: darganfod pwy oedd ganddyn nhw'n gyffredin ymhlith y bobl roedden nhw'n eu nabod. Tasai dau Gymro neu ddwy Gymraes yn cyfarfod ei gilydd yn yr anialwch, o fewn pum munud fe fasen nhw wedi darganfod rhestr o bobl oedd yn gyffredin iddyn nhw, ac yn bosib iawn wedi ffeindio eu bod yn perthyn i'w gilydd rywsut! Doedd y ffordd roedd Alfan yn bod mor niwlog am y bobl roedd o'n eu nabod yn amlwg ddim yn plesio'r hen Derec! Tasai o ond yn gwybod, meddyliodd Alfan, gan geisio cuddio ei wên.

---

**cicio sodlau** – *to wait impatiently (lit. to kick one's heels)*

**niwlog** – *vague, foggy*

Cyrhaeddodd pabell fawr wen ar y lawnt yn yr ardd gefn am hanner dydd. Hon oedd y *marquee* yr oedd Olwen wedi bod yn sôn amdani, ac roedd yn ddigon mawr i alw 'chi' arni! Suddodd calon Alfan gan feddwl am yr holl bobl ddiarth fyddai yno. Ond cynigiodd helpu'r bois i'w gosod. Roedd unrhyw beth yn well na cheisio osgoi cwestiynau Derec yn y gegin.

Cafodd hwyl yn gwneud hynny. Roedd hi'n braf medru bod yn ymarferol a chael y pleser o weld rhywbeth yn datblygu. Roedd y bois oedd yn codi'r babell yn hen hogiau iawn, ac roedd Alfan wedi mwynhau ei hun. Roedd hi'n braf medru bod mewn cwmni oedd yn tynnu coes a chael hwyl. Sylweddolodd Alfan ei fod o ddim wedi clywed ei hun yn chwerthin ers wythnosau, misoedd, efallai.

Ond yna agorodd y drws cefn a daeth Siwan, Cai ac Estella allan i'r ardd. Doedd 'na ddim cystal hwyliau arnyn nhw, yn amlwg! Beth bynnag oedd wedi digwydd ar eu trip bach i'r dre, doedd o ddim wedi helpu i ddod â nhw yn nes at ei gilydd!

Aros yn ddistaw ac yn ddi-hwyl wnaeth Siwan wedyn am weddill y pnawn, gan gadw ati ei hun gymaint ag y medrai. Chafodd Alfan ddim llawer o gyfle i gael sgwrs un-i-un efo hi i holi beth oedd yn bod.

Dechreuodd pawb gyrraedd tua chwech, yn gyplau neu'n deuluoedd. Roedd yna gwpl o blant yn eu harddegau oedd yn edrych fel tasen nhw'n licio bod yn rhywle arall,

| | |
|---|---|
| **lawnt** – *lawn* | **ymarferol** – *practical* |
| **yn ddigon mawr i alw 'chi' arni** | **di-hwyl** – *out of sorts* |
| – *larger than expected* | **arddegau** – *teens* |

a chwpl o hen bobl mewn cadeiriau olwyn â blancedi dros eu coesau. Ond fel arall, roedd pawb tua'r un oed â Derec ac Olwen. Roedd criw bach o ffrindiau i Siwan o'r ysgol uwchradd, genod mewn dillad a phersawr drud. Ceisiodd dwy ohonyn nhw gornelu Alfan a'i holi ers pryd roedd o a Siwan yn mynd allan efo'i gilydd, a pham roedd Siwan wedi cadw'r berthynas mor ddistaw. Roedd yr holl brofiad yn ofnadwy o anghyfforddus, ac roedd Alfan yn siŵr fod y ddwy yn amau bod rhywbeth ddim yn iawn.

Doedd 'na ddim llawer o ffrindiau i Cai ac Estella yno, sylwodd Alfan, i feddwl mai eu parti dyweddïo nhw oedd o! Os oedd Alfan wedi teimlo'n anghyfforddus wrth gael ei holi gan y ddwy ferch, yna doedd hynny'n ddim byd o'i gymharu â wyneb Cai ac Estella wrth i Olwen gynnig llwncdestun i'r cwpl hapus. Gwnaeth Derec araith fer oedd yn dweud beth oedd yn rhaid ei ddweud yn syml, chwarae teg. Ond yna pan ddaeth hi'n amser i Olwen ddweud gair, mi aeth hi dros ben llestri. Dwedodd pa mor hapus oedd hi ei bod wedi medru derbyn Cai yn ôl i'w bywydau, ac yntau wedi cadw yr enw yr oedden nhw wedi ei roi iddo flynyddoedd yn ôl. Dwedodd sut yr oedd eu bywydau nhw rŵan yn gyflawn a'u bod yn edrych ymlaen at y blynyddoedd nesaf fel un teulu mawr. Roedd yn amlwg ei bod hi'n siarad o'r galon, ond efallai fod gwin a chyffro'r foment wedi gwneud iddi golli rheolaeth, braidd.

Gwelodd Alfan fod Siwan ym mhen pella'r *marquee*, wrth ymyl y bar, a dau wydraid mawr o win o'i blaen.

---

| | |
|---|---|
| **cornelu** – *to corner* | **dros ben llestri** – *over the top* |
| **araith** – *speech* | **cyflawn** – *complete* |

Roedd o'n falch, felly, o gael dianc yn ôl i mewn i'r tŷ ar ôl i bawb orffen y bwffe. Gwnaeth Alfan yn siŵr ei fod yn bwyta mwy na digon. Doedd o erioed wedi gweld bwyd mor grand, a chymaint ohono, yn ei fywyd, dim ond ar sgrin deledu mewn rhyw ddrama roedd ei fam yn hoffi edrych arni ar y teli, a ffa pob ar dost ar ei glin. Doedd o ddim yn siŵr ai meddwl am hynny neu'r ffaith ei fod wedi bwyta gormod wnaeth iddo deimlo'n reit wan a phenysgafn. Doedd y Prosecco a'i swigod ddim yn help chwaith, mae'n siŵr. Mi fasai Alfan wedi rhoi'r byd i gael peint o gwrw chwerw cyffredin yn lle'r lol crand oedd ymhob gwydr. Mi fasai wedi rhoi'r byd am fîns ar dost ar soffa ei fam, hefyd ...

Wrth iddo gyrraedd pen y grisiau, clywodd sŵn dau yn siarad. Roedd y lleisiau yn dod o gyfeiriad ystafell Cai ac Estella, ac roedd yn amlwg fod y ddau ynghanol ffrae.

Aeth Alfan yn ei flaen i gyfeiriad ei stafell i ddechrau, gan geisio peidio â denu sylw. Yna clywodd eiriau wnaeth iddo rewi.

'Yli! Cadwa allan o betha! Ok? Dw i'n gwbod be dw i'n neud!'

'Sut fedri di!' Llais Estella oedd hwn, yn fwy caled nag roedd Alfan wedi ei glywed o'r blaen ganddi. 'A titha off dy ben!'

'Dw i'n gwbod be dw i'n neud, medda fi! Wnaeth pethau weithio'n iawn yn dre, do? Dim probs!'

---

**penysgafn** – *dizzy, light-headed*

'Roeddach chdi'n hir uffernol. O'dd Miledi yn dechra amau rhwbath, siŵr!'

'Paid â malu! Ro'dd mêt Siôn dipyn yn hwyr, methu ffendio'r lle. Ond a'th pob dim fel wats wedyn!'

'O, do! Blydi grêt!'

Saib. Yna dechreuodd Estella siarad eto, a'i llais yn feddalach y tro yma. Doedd Alfan dim yn medru symud llaw na throed. Dim ond gwrando.

'Ond ma' nhw'n bobl neis, Caz! Fedri di'm gneud hyn iddyn nhw!'

Rhewodd calon Alfan am eiliad. Aeth yn oer i gyd. Oedd o wedi clywed yn iawn? 'Ta ei glustiau oedd yn chwarae triciau arno?

'Ti'n pathetig! Diwrnod arall a fyddwn ni o 'ma! Roeddet ti'n dallt y sgôr o'r dechrau!'

'Dydy o jest ddim yn deg! Maen nhw mor hapus bo chdi 'nôl, Caz!'

Dyna fo eto! Caz galwodd hi o! Nid Cai! Caz ddwedodd hi! Yn bendant!

'O, plis! Paid â gneud i mi chwerthin! Hapus bo fi'n ôl! Dim ond iddyn nhw gael 'yn arddangos i i'w snobs o ffrindiau!'

'Ti'm yn gweld be ti'n feddwl iddyn nhw?' gofynnodd Estella.

'Yr un boi dw i! Yr un babi wnaethon nhw roi ffwrdd yr holl flynyddoedd 'na 'nôl! Am fod cael babi'n ... anghyfleus!'

| | |
|---|---|
| **uffernol** – *terrible, awful* | **saib** – *pause* |
| **Paid â malu!** – *Don't talk nonsense!* | **arddangos** – *to display* |
| | **anghyfleus** – *inconvenient* |

'Dydy o byth yn syml fel 'na, Caz! Doedd gynnyn nhw ddim dewis, mae'n siŵr. O'dd pethau'n wahanol ...'

'Yli, jest cau dy geg a gadawa i betha ddigwydd. Dw i'n gwbod be dw i'n neud. Ac unwaith gei di'r pres yna'n dy law, fyddi ditha'n poeni dim amdanyn nhw chwaith!'

'Na, Caz! Dw i'm yn neud o!'

Stopiodd y siarad am eiliad. Yna aeth Estella yn ei blaen, a'i llais yn fwy penderfynol.

'Dw i'm yn neud hyn ddim mwy. Tala fi am be dw i 'di neud a mi a' i!'

'Be?'

'Di o'm yn teimlo'n iawn, Caz. Gei di ddial os ti isio, os mai hynny sy'n mynd i neud i chdi deimlo'n ocê. Ond dw i'm isio bod yn rhan o hyn ddim mwy, iawn?'

Clywodd Alfan sŵn traed yn symud o du mewn yr ystafell ac yna sŵn clec. Sŵn dwrn ar asgwrn. Yna gwaedd a gair yn cael ei boeri allan. Daeth y sŵn traed yn nes at y drws. Aeth Alfan yn gyflym ac yn dawel i lawr y coridor nes cyrraedd ei stafell wely ei hun a chau'r drws yn ddistaw, ddistaw. Pwysodd yn erbyn y drws, a chau ei lygaid. Roedd ei galon yn curo fel drwm.

Roedd o'n gwybod! Roedd o'n gwybod fod 'na rywbeth am y boi! Rhywbeth yn ei lygaid. Rhywbeth yn ei lais weithiau. A rŵan yr enw. Caz! Caz oedd o! Caz blydi Murphy!

---

| | |
|---|---|
| **penderfynol** – *determined* | **dwrn** – *fist* |
| **dial** – *to get revenge* | **gwaedd** – *shout, cry* |

# PENNOD 21
# SIWAN

Roedd byd Siwan yn troi. Roedd yr holl bobl oedd yma'n mynd yn un slwj yn ei phen, eu sŵn yn codi ac yn codi yn un llais uchel oedd yn gwneud dim synnwyr o gwbl. Wrth iddi drio cerdded, roedd rhywun yn cyffwrdd ei braich, neu'n rhoi hŷg iddi ac yn dweud rhywbeth. Ond doedd o'n gwneud dim synnwyr. Doedd hi prin yn nabod neb oedd yna, beth bynnag. Roedd Olwen wedi gwahodd y byd a'i frawd i ddathlu dyweddïad eu hannwyl blydi Cai efo llygoden fawr o hogan oedd ddim i fod efo fo o gwbl. Hi! Hi, Siwan, oedd i fod efo fo, nid y llygoden! Roedd Cai a Siwan mewn cariad a doedd hi ddim yn deg ei bod hi'n gorfod cadw'n ddistaw am y peth! Isio gwneud be oedd yn iawn oedd Cai, ond roedd hi'n amlwg mai efo Siwan roedd o isio bod hefyd. Roedd hi jest yn ... yn gwybod!

Roedd dyn ifanc mewn gwasgod smart yn dod o gwmpas gyda hambwrdd a gwydrau yn llawn o win arno. Edrychai fel hogyn ysgol. Cymerodd Siwan wydraid

---

**slwj** – *sludge*       **hambwrdd** – *tray*

**gwasgod** – *waistcoat*

ganddo, ac yfed yn ddwfn ohono. Yna rhoddodd y gwydr yn ôl ar y bwrdd ac yfed un arall ar ei dalcen. Roedd yn rhaid iddi hi weld Cai, dweud wrtho fo ei bod hi'n deall, ond bod yn rhaid iddyn nhw fod yn onest. Doedden nhw ddim yn mynd i fedru cuddio a rhedeg oddi wrth sefyllfa gymhleth fel hyn ar hyd eu bywydau. Roedd rhaid iddyn nhw ddweud wrth y byd! A heno oedd y noson berffaith i wneud hynny.

Siglodd o un ochr i'r llall wrth geisio cerdded ar draws y *marquee*, a'i llygaid yn chwilio am Cai. Ond roedd hi'n dechrau teimlo'n sâl, a'r byd yn dal i droi a throi a throi ...

---

**siglo** – *to sway*

# PENNOD 22
# ALFAN

*Mae oerni'r nos yn pigo fel pinnau bach ar ei fochau o a Macs. Dydy eu siacedi denim ddim yn ddigon cynnes ar noson fel heno. Ond dydy Alfan ddim isio cyfadde hynny wrth ei frawd bach, nac'di?*

*Dydy Alfan ddim wedi bod allan efo Macs o'r blaen, dydy o ddim wedi gofyn a dweud y gwir. Aros adra yn ei stafell efo'i gyfrifiadur mae Alfan fel arfer. Macs ydy'r un sydd wedi bod isio mynd allan erioed. Tasai Mam yn gwybod bod y ddau ohonyn nhw allan heno ... Ond dydy hi ddim. A wneith hi ddim gwybod, chwaith, na wneith? Nhw biau'r stryd ar noson fel heno. Macs ac Alf, dau frawd yn erbyn y byd.*

*Ond mae Macs yn wahanol allan yn fa'ma, ei hyder wedi mynd i rywle. Mae o'n symud o un ochr i'r llall yn nerfus, yn tynnu ar ei sigarét fel tasai ei fywyd yn dibynnu arno. Mae'n edrych o'i gwmpas drwy'r amser.*

*Mae Alfan ar dân isio holi be sy, pam ei fod o ar bigau'r*

---

**pinnau bach** – *pins and needles (prickling sensation)*

*drain. Ond dydy o'n dweud dim un gair, dim ond yn stwffio
ei ddwylo yn ddyfnach i bocedi ei siaced.*

*'Tyrd. Awn ni am dro!' meddai Macs, ac mae Alfan yn
dechrau cerdded efo fo i lawr y stryd. Heb ofyn i le maen
nhw'n mynd. Fel tasai o'n gwybod yn iawn.*

*Dydy Alfan ddim yn sylwi arnyn nhw'n syth ar ôl troi'r
gornel. Maen nhw'n stelcian fel cysgodion wrth droed y wal
uchel, jest tu allan i lle mae lamp y stryd yn taflu cylch ei
golau.*

*Ond mae Macs yn sylwi. Ac yn stopio'n stond.*

*Ac wedyn mae un ohonyn nhw'n gweiddi.*

*'Hoi! Macsi boi! Lle ti'n mynd?'*

*Wedyn mae pob dim yn digwydd ar unwaith. Mae
Macs yn troi, ac yna'n gweiddi allan. Un waith. A'r waedd
honno yn un sy'n trywanu'r nos. Syrthia i'r llawr yn
ddistaw, ddistaw. Fel tasai wedi ymarfer gwneud hyn sawl
gwaith ac wedi perffeithio'r grefft. Mae yna ryw deimlad
breuddwydiol am yr holl beth. Dydy o ddim fel tasai o'n
digwydd go iawn.*

*'Sori, Macsi boi.' Yna sŵn poeri.*

*Yna mae llais arall yn dod o rywle.*

*'Caz! Be ti 'di neud ... Caz! Ty'd ... O blydi hel, ty'd! Ty'd!'*

*Ac wedyn maen nhw'n dechrau symud yn ôl, a llafn
cyllell yn sgleinio am eiliad yng ngolau'r lamp. Sŵn traed yn
mynd yn bellach ac yn bellach. Nes marw'n ddim.*

*Ac wedyn dim ond fo a Macs sydd ar ôl. Ar stryd wag. A'r
nos yn cau amdanyn nhw.*

---

| | |
|---|---|
| **stelcian** – *to lurk* | **perffeithio** – *to perfect* |
| **trywanu** – *to pierce* | **llafn** – *blade* |

Dweud wrth ei fam oedd y peth anodda iddo ei wneud erioed. Roedd o wedi bod yn swyddfa'r heddlu am oriau, ac felly roedd hi'n dechrau gwawrio pan roddodd ei oriad i mewn i dwll y clo. Roedd y radio 'mlaen gan ei fam yn y gegin, ac roedd hi wrthi'n bwyta darn o dost a jam mefus arno. Mae'n rhyfedd sut roedd y manylion bach wedi aros yn y cof.

'Rŵan dach chi'n dŵad adra, y cnafon bach!' meddai hi, ac yna newidiodd ei hwyneb pan welodd fod Alfan ar ei ben ei hun. Heb Macs.

Mi aeth hi'n ddistaw i ddechrau. Suddo i'r gadair, a'i hwyneb yn wyn fel wyneb corff. Wedyn dechreuodd y sgrechian. Cododd ei fam ar ei thraed fel dynes wyllt a dechrau taro ei dwrn yn erbyn ei frest. Eto ac eto. Gweiddi arno. Ar Alfan oedd y bai. Y brawd mawr. Pam na fasai o wedi medru gwneud rhywbeth? Edrych ar ei ôl o? Ei amddiffyn? Doedd 'na ddim rheswm yn ei geiriau, ond dyna'r cwbl oedd ganddi ar ôl. Ei geiriau. Ac Alfan. A'i fai o oedd o i gyd, ynte? Ei fai o am beidio ag edrych ar ôl ei frawd bach ar strydoedd tywyll y ddinas.

Doedd dim rhaid iddi ei wthio allan drwy'r drws a thaflu ei gôt ar ei ôl. Fe fasai Alfan wedi mynd beth bynnag. Wedi gadael y tŷ mewn cywilydd, a gwaedd olaf ei frawd yn atseinio yn ei glustiau, yn llenwi ei freuddwydion.

---

**goriad** – *key*          **amddiffyn** – *to defend*

# PENNOD 23
# SIWAN

Roedd Siwan yn lwcus mai Derec ffeindiodd hi wedi suddo i gornel ym mhen draw'r gegin. Oherwydd fod cymaint o bobl yn mynd a dod i mewn ac allan o'r tŷ i'r ardd a'r *marquee*, gallai fod wedi aros yno am oriau, a neb yn dod o hyd iddi tan y bore, efallai.

'O, Siwan, Siwan, be ti 'di neud? Sbia golwg arnat ti!'

Teimlai Siwan ei lais yn bell iawn, fel tasai o'n siarad mewn twnnel. Yna teimlodd law yn ysgwyd ei hysgwyddau, yn tapio ei bochau'n ysgafn.

'Siwan? Siwan? Ty'd rŵan, ia? Well i ti fynd i dy wely, dw i'n meddwl ... ia? Cyn i dy fam dy weld di, wir! Ti'n gwbod sut mae hi'n ffysian!'

Gwenodd Siwan. Dyma'r llais roedd Derec wedi ei ddefnyddio efo hi pan oedd hi'n hogan fach a ddim isio mynd i'r gwely. Llais oedd yn siŵr o wneud iddi wrando yn y diwedd.

Ond yna cofiodd. Cai. Roedd yn rhaid iddi ffeindio

Cai. Dweud wrtho ei bod hi'n barod i ddweud wrth bawb amdanyn nhw. Doedd 'na ddim pwynt trio cuddio'r gwir. Efo'i gilydd roedden nhw i fod, ac roedd hi'n iawn i'r byd i gyd gael gwybod.

'Na ... na ... rhaid i mi ffeindio Cai.'

'Mae Cai yn brysur rŵan, Siwan. Ty'd, mae hi'n amser i ti fynd i fyny i dy wely. Ti 'di cael digon o'r parti am un noson, ty'd.'

'Na, na, na ... Dach chi'm yn dallt. Cai. Rhaid i mi gael gweld Cai ... Rhaid ...'

Roedd y byd yn dechrau troi eto, a hithau'n gorfod gafael yn dynn yn Derec rhag syrthio.

Roedd hi'n falch o gael cyrraedd ei stafell yn y diwedd, ar ôl dringo'r grisiau oedd yn teimlo fel dringo'r Wyddfa.

Syrthiodd ar y gwely, a'r funud nesa, teimlodd yn swp sâl. Llwyddodd i gyrraedd yr ystafell ymolchi mewn pryd, diolch byth. Ar ôl gorffen chwydu, pwysodd ei phen ar sedd y toiled. Roedd hi'n dal yn simsan braidd, ond roedd hi'n teimlo ychydig bach yn well.

Clywodd gnoc fach ar y drws. Daeth Derec i mewn.

'Ti'n iawn, Siw?' meddai yn annwyl. Nodiodd Siwan ei phen a chlywodd Derec yn mynd i eistedd ar ymyl y bath.

'Wnes i dim gneud llanast,' mwmiodd Siwan, ac roedd yn gallu clywed ei llais yn swnio'n feddw o hyd.

'Dw i'n gwbod hynny. O'n i 'di meddwl ella bo chdi wedi tyfu allan o feddwi'n racs, Siwan,' meddai Derec,

---

| | |
|---|---|
| **swp sâl** – *awfully ill* | **simsan** – *unsteady* |
| **chwydu** – *to vomit* | **llanast** – *mess* |

mewn llais oedd yn dangos yn amlwg ei fod yn poeni amdani.

Cododd Siwan ei phen a gwenu. Yn sydyn, roedd popeth yn glir. Roedd yn amlwg beth oedd yn rhaid iddi ei wneud. Yn hollol amlwg.

'Mae gen i rywbeth i ddeud wrthach chi!' meddai, a syllu i fyw ei lygaid. 'Rhywbeth pwysig, pwysig ...'

# PENNOD 24
# ALFAN

Ni symudodd Alfan na llaw na throed am hir. Roedd yn teimlo fel oriau, ond munudau oedden nhw, siŵr o fod. Munudau oedd yn newid bywyd.

Roedd 'na gymaint o bethau yn rhedeg drwy ei feddwl, cymaint o ffeithiau newydd i'w prosesu.

Caz oedd o. Caz Murphy.

Pa mor anhygoel oedd y ffaith fod Caz wedi digwydd cael ei hun yn yr un tŷ ag Alfan? Pa mor anhygoel oedd hi bod Alfan wedi cael ei hun yma o gwbl? Mewn tŷ diarth, ynghanol ... Rhoddodd ei ben yn ei ddwylo. Roedd bywyd yn llawn cyd-ddigwyddiadau, pethau oedd yn anodd iawn eu credu. Dim ond un arall o'r rheiny oedd hyn. Ond roedd o'n gyd-ddigwyddiad hollbwysig. Yn un oedd yn mynd i newid pob dim.

Chlywodd o ddim y gnoc ysgafn ar ddrws ei stafell i ddechrau, roedd ei feddwl mor bell i ffwrdd. Ond mi glywodd yr ail gnoc. Edrychodd o'i gwmpas. Doedd 'na neb yno roedd o'n barod i'w weld. Doedd 'na neb yn y tŷ oedd yn mynd i fedru gwneud iawn am y ffaith ei fod o

**cyd-ddigwyddiad** – *coincidence*

wedi ysgwyd llaw â llofrudd ei frawd, wedi rhannu bwrdd bwyd efo fo, wedi cysgu dan yr un to! Ac yntau heb wybod!

Penderfynodd agor y drws, gan gymryd ornament mawr trwm oddi ar y bwrdd gerllaw y gwely. Rhag ofn.

Estella oedd yno. Ac roedd golwg ofnadwy arni. Roedd un llygad wedi chwyddo'n fawr ac yn biws. Roedd marciau coch ar draws un ochr i'w hwyneb, ac yn amlwg roedd hi wedi bod yn crio.

'Sori am y golwg sy arna i,' meddai hi, a dim ond wedyn y sylwodd Alfan fod ei gwefus wedi dechrau chwyddo hefyd.

'Tyrd i mewn,' meddai Alfan. Doedd dim pwynt iddo esgus ei fod o ddim yn gwybod be oedd wedi digwydd.

Daeth Estella i mewn ac eistedd yn y gadair wrth ymyl y drych. Edrychodd arni ei hun, ac yna troi ei phen i ffwrdd ac edrych ar y llawr.

'Ydy o wedi gneud hyn o'r blaen?' gofynnodd Alfan o'r diwedd.

Nodio ei phen wnaeth Estella.

'Unwaith. Ond ddim mor ddrwg â hyn,' meddai.

Yna cododd Estella ei phen ac edrych ar Alfan.

'Mae o'n foi peryg, Al.'

'Dw i'n gwbod,' meddai Alfan yn ddistaw.

'Mae o mor flin efo Derec ac Olwen. Nhw sy ar fai, dyna mae o'n ddeud, am bob dim sydd wedi digwydd iddo wedyn. Yr holl drafferth mae o wedi bod ynddo ...'

Wnaeth Alfan ddim ateb.

---

**llofrudd** – *murderer*      **ar fai** – *to blame*
**chwyddo** – *to swell*

'Mae o am drio torri Siwan allan o'r ewyllys. Deud ei bod hi wedi trio'i gorau i gysgu efo fo. Troi Derec ac Olwen yn ei herbyn. Dyna ydy hyn i gyd. Y ffars yma ...'

'Ond wnest ti gytuno, do, Estella? I fod yn rhan o hyn? Do?'

Edrychodd Estella ar ei thraed eto, a nodio ei phen.

'Mae o'n gwbod. Amdana i. Gwbod wna i rwbath i fedru ... Mae o'n nabod 'i jyncis.'

Tro Alfan oedd edrych ar y llawr. Aeth yn oer. Ai dyna pam roedd llwybrau Macs a Caz wedi croesi? Oedd yna ochr i Macs doedd Alfan yn gwybod dim amdani? Roedd y cwestiwn wedi codi yn ei feddwl cyn hyn, wrth gwrs. Ond roedd yr ateb yn gliriach erbyn hyn. Nid damwain oedd y noson honno. Roedd Caz wedi bod yn chwilio am Macs. I dalu'r pwyth yn ôl.

Dim fod ots. Brawd oedd brawd. A brawd marw oedd brawd marw.

'Ond dydy petha'm yn gweithio allan iddo fo. Dydy ei gynllun o ddim yn mynd i weithio. Ac mae o'n nyts am y peth. Dw i'm yn gwbod be wneith o nesa, Alfan! Nac i bwy!'

Yna cododd Alfan ar ei draed.

'Mae'n rhaid i ni ffeindio Siwan a'r lleill,' meddai. 'Ti'n aros yma, 'ta ...?'

Cododd Estella ar ei thraed.

---

**ewyllys** – *will*   **talu'r pwyth yn ôl** – *to pay back, to retaliate*

# PENNOD 25
## SIWAN

Doedd Derec ddim yn gwrando arni. Roedd o'n mynnu bod beth bynnag roedd hi isio'i ddweud yn rhywbeth fasai'n medru aros tan y bore pan fasai hi wedi sobri. Ond erbyn y bore efallai na fasai ganddi hi mo'r hyder i ddweud beth oedd ar ei meddwl. Ac roedd hi'n teimlo dipyn gwell ar ôl taflu i fyny yn y lle chwech. A dweud y gwir, roedd hi'n teimlo'n berffaith sobor erbyn hyn.

'Na, dw i'n iawn rŵan. Dw i'n ocê. Wir, rŵan.'

Aeth Siwan at Derec a chymryd ei ddwy law yn ei dwylo hi. Edrychodd arno.

'Ylwch, Dad, dw i'n gwbod 'mod i 'di bod yn hogan reit anodd i chi ...'

Gafaelodd Derec yn ei dwylo yn garedig.

'Mae pob dim gwerth 'i ga'l dipyn bach yn anodd, sti. Ti'n cofio fi'n deud hynna wrthat ti am dy arholiad Maths ers talwm?'

'Dach chi'm yn dallt! Mae gen i rwbath i ddeud, ac ma' rhaid i mi ddeud o heno! Nid fory, rŵan! I chi gael dechrau

---

| | |
|---|---|
| **mynnu** – *to insist* | **lle chwech** – *toilet* |
| **sobri** – *to sober up* | |

... dechrau ... wel, dechrau arfer efo'r peth. Wnewch chi plis wrando ar be sy gen i i ddeud?'

Cyn i Derec fedru cytuno neu anghytuno, agorodd y drws led y pen.

Safodd Cai yno, a'i dei yn llac ac yn flêr, a'i grys allan o'i drowsus.

'Wel, does 'na'm golwg rhy sobor arnat titha chwaith, Cai!' meddai Derec yn glên wrtho. 'Wrthi'n perswadio Siwan 'ma ei bod hi wedi cael digon am heno dw i. Mi fydd pawb yn dechra troi am adra yn o fuan beth bynnag, os ceith Olwen ei ffordd!'

'Na! Na, ddim cyn i mi siarad efo chi,' meddai Siwan, a chododd a cherdded yn sigledig at Cai. 'Ac mae'n lwcus bod chdi yma, a deud y gwir, Cai. I ni gael deud efo'n gilydd.'

'O, mae gan Cai sawl stori, toes, Cai? Efo p'run wnawn ni ddechra? E?'

Sylwodd neb ar Alfan yn sefyll yn y drws tan iddo ddechrau siarad. Ac yna symudodd sylw pawb oddi wrth Alfan at yr un oedd yn sefyll wrth ei ymyl. Estella. Roedd golwg ofnadwy arni, a'i llygaid wedi chwyddo ac yn ddu ac yn biws i gyd.

'Be gebyst ...?' dechreuodd Derec, ac yna digwyddodd pob dim yn sydyn ac eto rhywsut hefyd yn araf, araf, fel tasai'r peth yn digwydd mewn ffilm.

Wnaeth neb symud i ddechrau, dim ond syllu. Roedd

| llac – *slack* | Be gebyst? – *What on earth?* |
| sigledig – *shaky* | |

llygaid Cai ar dân, a'i wyneb yn edrych yn wahanol, yn wyllt.

Yna, gyda symudiad sydyn, gafaelodd Cai yn Siwan a'i llusgo ato. Tynnodd hi ato o'r cefn, fel bod y ddau yn wynebu'r stafell. Roedd ei freichiau o gwmpas ei gwddw ac yn gwasgu. Teimlai Siwan fel tasai hi'n mynd i dagu, i fethu â chael ei gwynt. Roedd pawb yn syllu arnyn nhw fel tasen nhw'n methu credu bod hyn yn digwydd.

Ac yna, roedd ganddo gyllell yn ei law, a'r llafn yn loyw yng ngolau'r lamp drydan o'r nenfwd. Anelodd y gyllell at bawb yn ei dro, mewn un symudiad llyfn. Sylwodd Siwan bod ei fysedd yn wyn wrth iddo afael yn dynn yn y gyllell. Doedd o ddim yn mynd i adael i'r gyllell fynd oddi wrtho.

'Yli, Cai, beth bynnag sy 'di dy ypsetio di, dw i'n siŵr fedran ni ...'

Derec annwyl. Derec annwyl, plis byddwch yn ddistaw, meddai'r llais bach ym mhen Siwan. Plis, byddwch ddistaw!

Yna, heb i neb ei ddisgwyl, dechreuodd Cai chwerthin. A chwerthin a chwerthin, fel tasai o newydd glywed y jôc orau erioed.

'Beth bynnag sy 'di ypsetio fi? Dach chi'n siriys, ddyn? Beth bynnag sy 'di ypsetio fi? Sgynnoch chi ddim syniad, nag oes! Sgynnoch chi ddim blydi clem!'

'Yli, be bynnag ydy o, Cai, dw i'n siŵr fedran ni ...'

'Gwatsiwch o! Gwatsiwch o, Dad!'

Tagodd Siwan ei geiriau allan cyn i Cai wasgu ar ei gwddw nes ei bod yn ymladd mwy byth am ei gwynt.

---

**anelu** – *to aim*   **dim clem** – *no idea*
**llyfn** – *smooth*

Teimlodd fetel oer llafn y gyllell yn pwyso ar groen ei gwddw.

'Cau hi, yr hwran! Dach chi'n gwbod am hon, Dadi? Peth boeth ydy hi! Methu cael digon ohona fo, nag oeddat? Methu disgwyl i 'nhynnu fi i'r gwely bob cyfle oedd hi'n ga'l! Yr hwran fach fudur!'

Roedd gweld llygaid Derec yn sgleinio efo dagrau yn ormod i Siwan. Caeodd ei llygaid. Roedd hi'n dechrau mynd, yn dechrau llithro i ffwrdd ...

Ac yna clywodd sŵn traed, rhywun yn cicio rhywbeth, rhywun arall yn gweiddi. Ac yn sydyn roedd y gwasgu wedi stopio ac roedd hi ar y llawr, yn wynebu'r patrwm ar y carped, a'i llygaid yn waed i gyd.

A doedd neb arall yn y stafell, dim ond Estella a hithau.

---

**hwran** – *whore*

# PENNOD 26
# ALFAN

Mynd allan oedd y diawl. Rhedeg i ffwrdd. Dianc oddi wrth be roedd o wedi'i wneud. Eto!

Lle Alfan oedd ei stopio fo. Roedd o wedi medru cicio'r gyllell o'i law, ond efallai fod ganddo fo un arall. Doedd 'na ddim amser i'w golli.

Doedd dim golwg ohono fo i ddechrau. Roedd y coridor yn wag. Roedd Alfan ar fin rhedeg i lawr y grisiau pan ddaeth Cai allan o ystafell wely Derec ac Olwen, a'i bocedi yn llawn.

Ond cyn iddo gael cyfle i ddweud dim arall, roedd Cai wedi rhuthro i lawr y grisiau ac yn anelu at y drws ffrynt. Roedd rhyw ddwsin o westeion yn edrych yn syn arno, yn methu'n glir â deall beth oedd yn mynd ymlaen. Yn eu canol roedd Olwen.

Dechreuodd rhywun glapio, gan feddwl efallai mai rhyw gêm barti wahanol oedd hon. Ond buan y daeth y clapio i ben.

---

**ar fin** – *on the point of*          **gwesteion** – *guests*

'Ond Cai! Cai bach, be sy'n ...?' dechreuodd Olwen, ond chafodd hi ddim ateb i'w chwestiwn, dim ond gweld Alfan yn rhuthro i lawr ar ei ôl.

Daeth sŵn injan car yn cychwyn, a sŵn teiars yn sgrialu ar y cerrig mân.

Syllodd pawb ar ei gilydd.

Rhedodd Alfan at Olwen.

'Ga i oriadau'ch car chi, plis?'

'Be! Ti'n meddwl 'mod i'n mynd i roi goriadau fy nghar i ...'

'Rŵan! Plis, Olwen! Rhaid i ni stopio fo!'

Mae'n rhaid fod Olwen wedi ymateb i'r ergyd yn llais Alfan, achos cerddodd draw at y gegin yn frysiog ac estyn goriadau'r car iddo.

'Dw i ddim yn gwbod be sy'n mynd 'mlaen yma, Al, ond ...'

Cipiodd Alfan y goriadau oddi arni heb aros i glywed diwedd ei brawddeg.

Rhedodd allan i'r nos, a gweld goleuadau coch BMW Cai yn diflannu i lawr i'r chwith. Neidiodd Alfan i mewn i gar Golff Olwen a throi'r goriad i danio'r injan.

---

**sgrialu** – *to scramble, to scurry*   **cipio** – *to snatch*
**ergyd** – *impact*

# PENNOD 27
# SIWAN


Clywodd Siwan ac Estella leisiau yn gweiddi i lawr y grisiau yn y cyntedd.

Edrychodd y ddwy ar ei gilydd.

'Dw i am fynd lawr. W't ti am ...?'

Ysgwyd ei phen wnaeth Estella.

'Dw i am fynd i bacio fy mag yn barod i adael ben bora fory,' meddai'n ddistaw. 'Dw i ddim angen i neb fy ngweld i fel hyn, nac'dw?'

'Nag w't, Estella,' meddai Siwan, a rhoi ei llaw ar ei braich. Roedd hi wedi gwastraffu gormod o amser yn casáu hon.

'Diawl drwg ydy o, Siwan. 'Sa fo'n stopio ar ddim.'

'O'n i'n meddwl 'mod i'n 'i nabod o.'

'Sgen ti'm syniad. Mae o 'di gneud cymaint o bethau ...'

Ond rhoddodd Siwan ei bys ar ei gwefus.

'Ga i'r hanes gen ti ryw dro, iawn? Ond dw i am fynd at y lleill rŵan. At 'y nheulu.'

Nodiodd Estella ei phen.

Erbyn i Siwan gyrraedd top y grisiau roedd yna dipyn o gynulleidfa yn disgwyl amdani, ac Olwen yno fel brenhines yn y canol. Doedd dim golwg o Derec. Dechreuodd ei choesau grynu, ac roedd yr hen deimlad sâl yn ôl.

'Wel, does 'na'm golwg gall iawn arnat tithau chwaith, Siwan!' meddai Olwen yn ei llais athrawes, llais oedd yn dod allan o'r bocs ar gyfer rhai achlysuron. 'Wyt ti'n mynd i ddeud wrtha i be sy'n mynd ymlaen 'ta be? Mae Cai 'di mynd allan at ei gar fel cath i gythral ac mae'r hogyn Al 'na newydd gael benthyg fy nghar i er mwyn mynd ar ei ôl o. Ac ma'r ddau 'di cael lot gormod i yfed! Os fydd 'na heddlu ar y ffordd heno, wel!'

''Di Al 'di mynd hefyd?' gofynnodd Siwan.

Yn sydyn, roedd hi'n amlwg be oedd yn rhaid iddi hithau ei wneud. Roedd ei bag llaw yn hongian ar waelod y grisiau, hen arferiad yr oedd hi'n anodd cael allan ohono, parti neu beidio. Roedd y goriadau yn fan'no, yn y boced tu blaen.

Gafaelodd yn y bag, ac yna, heb wybod beth roedd hi'n ei wneud, aeth at Olwen a phlannu cusan ar ei boch bowdrog.

'Ti'n feddw dwll, Siwan!' meddai Olwen, heb wybod beth arall i'w ddweud. 'Ty'd, wna i goffi cry i chdi'n y gegin erbyn pan ddaw pawb yn ôl.'

Ond anwybyddu geiriau Olwen wnaeth Siwan, a cherdded at y drws a'i agor.

| | |
|---|---|
| **fel cath i gythral** – *like a bat out of hell* | **meddw dwll** – *very drunk* |
| | **anwybyddu** – *to ignore* |
| **powdrog** – *powdered* | |

Caeodd y drws yn glep ar ei hôl. Safodd a gwrando.

Ynghanol y noson ddistaw, roedd sŵn dau gar yn chwyrnu allan i gyfeiriad y dref, fel dau anifail gwyllt.

Cerddodd yn sigledig at yr Audi aur, a llwyddo i agor y drws a thanio'r injan. Sgrialodd allan o'r dreif, gan adael côr bach o bobl yn syllu ar ei hôl tu allan i ddrws y tŷ mawr crand.

# PENNOD 28
# ALFAN

Ar ôl i sŵn y glec fawr orffen atseinio i fyny ac i lawr y lôn fach gul a thros y caeau gwyrdd, roedd pob man yn ddistaw. Yn fwy distaw na distaw. Fel tasai'r byd yn dal ei wynt. Ac yn aros.

Daeth tylluan o rywle a hedfan dros olygfa'r ddamwain, fel seren wib wen yn erbyn düwch y nos, cyn diflannu yn ôl i eistedd mewn coeden gerllaw, ac edrych.

Yn araf, daeth ochenaid y metal o'r tri char i dorri ar yr awyr. Tri char, wedi eu clymu efo'i gilydd mewn un goflaid oer.

Wedi rhai munudau, agorodd drws y Golff gyda sŵn fel griddfan. Daeth coes allan ohono, yna coes arall. Safodd Alfan i fyny gyda thrafferth, a phwyso yn erbyn to'r car. Ar ôl ychydig eiliadau, edrychodd ar yr olygfa ofnadwy o'i flaen. Roedd BMW Cai wedi ei wasgu fel consertina, a mwg yn dechrau codi o'r bonet. Ar yr ochr arall, roedd car Siwan wedi plannu ei hun i mewn i'r car yr oedd Alfan wedi bod yn ei yrru. Aeth at ddrws y gyrrwr, a cheisio'i agor, ond roedd o'n sownd. Y metal wedi cau amdano fel

---

**griddfan** – *groan, to groan*

dwrn. Roedd yn gallu gweld Siwan, ei phen wedi plygu yn erbyn y llyw, a gwaed dros ei hwyneb a'i gwallt melyn. Doedd dim arwydd o fywyd.

Caeodd Alfan ei lygaid. Doedd o ddim ond yn ei nabod ers ychydig wythnosau ond eto rhywsut roedd y ddau wedi dod i nabod ei gilydd yn gyflym, neu o leia wedi rhannu pethau efallai na fasen nhw ddim wedi eu rhannu efo pawb. A Cai, neu Caz, oedd yn gyfrifol am ladd ei frawd a dyma fo wedi ei ladd hithau rŵan hefyd – fel tasai wedi gyrru cyllell yn ddwfn i'w chalon hithau, fel y gwnaeth i Macs.

Wnaeth Alfan ddim sylwi yn syth felly fod drws y car cyntaf wedi dechrau agor yn araf. Sylwodd o ddim tan iddo glywed sŵn llais gwan yn galw'i enw. Cododd Alfan ei ben a syllu ar y car i ddechrau, fel petai'n clywed rhyw ysbryd. Yna'n araf, camodd yn ôl wedi iddo fod yn pwyso ar do'r Golff a cherdded yn araf a herciog tuag at gar BMW Cai. Roedd drws y car ar agor ac roedd Cai wedi ceisio dod allan. Roedd ei ben yn hongian o'r car ar y tarmac, ac roedd gweddill ei gorff yn dal y tu mewn.

'Plis ... Al ... plis ... helpa fi ...' crefodd, gan wneud pob ymdrech i geisio codi ei ben i edrych i fyw llygaid Alfan.

Yn araf, ac yn bwrpasol, tynnodd Alfan ei ffôn symudol allan o'i boced a dechrau deialu. Edrychodd i lygaid Cai wrth i'r ffôn ddechrau canu. Ymhen eiliad, roedd yr alwad frys wedi cael ei hateb.

'Ia ... heddlu, a gwasanaeth tân ... Damwain. Ar lôn gefn

---

| | |
|---|---|
| **ysbryd** – *ghost* | **pwrpasol** – *purposeful* |
| **herciog** – *jerky* | **galwad frys** – *emergency call* |

y B5105 rhwng Dinbych a Chorwen. Na, does 'na ddim angen ambiwlans ... Does 'na neb yn fyw ...'

Doedd dim angen i Cai ddweud dim byd na gwastraffu ei anadl prin. Syllodd ar Alfan am eiliad, cyn gadael i'w ben syrthio eto ar y tarmac.

Gwenodd Alfan arno. 'Sori. Caz. Boi.'

Dechreuodd Alfan gerdded yn araf a herciog i lawr y lôn fach wledig, i gyfeiriad y tywyllwch.

Wedi cerdded rhyw chwarter milltir, stopiodd ac estyn am y ffôn unwaith eto. Deialodd y rhif gyda thrafferth. Roedd pob dim yn brifo, pob asgwrn, pob bys. Cymerodd dipyn o amser i rywun ateb. Ei fam.

Pan siaradodd Alfan, roedd ei lais yn graciau i gyd. Ond roedd yn llais clir, penderfynol.

'Mam? Alfan sy 'ma. Ga i ddŵad adra? Mae gen i rwbath i ddeud wrthach chi.'

# Geirfa

a ballu – *et cetera*
abwyd – *bait*
ac yn y blaen – *et cetera*
achlysur – *occasion, event*
achub ei groen – *to save his skin*
adlewyrchu – *to reflect*
aeliau – *eyebrows*
agwedd – *attitude*
anghyfleus – *inconvenient*
anghyfforddus – *uncomfortable*
anghyffredin – *unusual*
ailafael – *to regain*
ailbapuro – *to repaper*
ailfeddwl – *to rethink*
am ba bynnag reswm – *for whatever reason*
am wn i – *I suppose*
am y gorau – *to prove who is the best*
amau – *to suspect, to doubt*
amddiffyn – *to defend*
amddiffynnol – *defensive*
amgylchiadau – *circumstances*
amlwg – *obvious*
amryliw – *multicoloured*
anadl – *breath*
anarferol – *unusual*
anelu – *to aim*
anesmwyth – *uneasy*
anialwch – *desert*
annifyr – *uncomfortable*

annisgwyl – *unexpected*
anwybyddu – *to ignore*
apwyntiad – *appointment*
ar bigau'r drain – *on tenterhooks*
ar fai – *to blame*
ar fin – *to be on the point of*
ar fy liwt fy hun – *freelance*
ar gefn ei cheffyl – *on her high horse*
ar wahân – *separate*
araith – *speech*
arbenigwr – *expert*
arddangos – *to display*
arddegau – *teens*
argraff – *impression*
argyfwng – *emergency*
argyhoeddi – *to convince*
atseinio – *to echo*
athronyddol – *philosophical*
awchus – *eager*
awyrgylch – *atmosphere*

bachyn – *hook*
balchder – *pride*
Bannau Brycheiniog – *Brecon Beacons*
barnu – *to judge*
Be gebyst? – *What on earth?*
blewyn – *strand of hair*
bochau llwydion – *pale cheeks*
breuddwydiol – *dreamy*
brigyn – *twig*
briwsion – *crumbs*

brysiog – *hasty, hurried*
busneslyd – *nosy, interfering*
busnesu – *to be nosy*
bwriadu – *to intend*
bwrw bol – *to get something off one's chest*
byrlymu – *to spurt, to bubble*
byseddu – *to finger*

cacwn – *wasps*
caer – *fort*
cais – *request*
call – *sensible*
callio – *to become wiser*
canolbwyntio – *to concentrate*
carwriaeth – *love affair*
cefndir – *background*
celwydd golau – *white lies*
cena – *rascal*
cenfigennus – *jealous*
cennin – *leeks*
cerrig mân – *gravel*
cicio sodlau – *to wait impatiently (lit. to kick one's heels)*
cilfach – *nook*
cilio – *to recede, to retreat*
cipio – *to snatch*
cipolwg – *glance, glimpse*
cist y car – *car boot*
clec – *sharp sound*
clustan – *a thick ear*
clymu – *to tie*
cnafon – *rascals*

cnawes – *bitch*
cnoi cil ar – *to think over*
coflaid – *embrace, hug*
cogio – *to pretend*
cornelu – *to corner*
cosi – *to tickle*
crafwr – *sycophant, creep*
creaduriaid – *creatures*
crefu – *to crave*
crefft – *craft*
crensian – *to crunch*
crinc hunanbwysig – *self-important fool*
croesawgar – *welcoming*
croesffordd – *crossroad*
crombil – *pit, depth*
cron – *round, circular (fem.)*
crynu – *trembling, to tremble*
cwffio – *to fight*
cychwynnol – *initial*
cyd-ddigwyddiad – *coincidence*
cyd-Gymry – *fellow Welsh people*
cyfadde – *to admit*
cyfarwyddiadau – *directions, instructions*
cyflawn – *complete*
cyfoglyd – *nauseating*
cyffuriau – *drugs*
cynghori – *to advise*
cymhleth – *complicated*
cymryd ato – *to take a liking to him*
cymryd yn ganiataol – *to take for granted*
cynllun – *plan*

cynllwyn – *plot*
cynnal sgwrs – *to hold a conversation*
cynta'n y byd gora'n y byd – *the sooner the better*
cyraints – *currants*
cysgodion – *shadows*
cystadleuol – *competitive*
cysuro – *to comfort*
cysylltiadau cyhoeddus – *public relations*
cytundeb – *agreement, contract*
cywilydd – *shame*

chwaethus – *tasteful*
chwalu – *to rummage, to scatter*
chwarddodd – *he/she laughed*
chwifio – *to wave*
chwilboeth – *piping hot*
chwithig – *awkward, clumsy*
chwydu – *to vomit*
chwyddo – *to swell*
chwyrnu – *to growl, to snore*
chwyslyd – *sweaty*

dadbacio – *to unpack*
dal pen rheswm – *to reason*
dalltwch! – *you understand!*
delwedd – *image*
denu sylw – *to attract attention*
derw – *oak*
deuddydd – *two days*
dial – *to get revenge*
dibynnu ar – *to depend on*

diddiwedd – *endless*
dieithryn – *stranger*
difaru – *to regret*
digartref – *homeless*
di-hwyl – *out of sorts*
dim clem – *no idea*
dim smic – *not a sound*
dinesig – *urban*
diniwed – *naïve*
direidus – *mischievous*
dod i'r adwy – *to come to the rescue*
doedd dim amdani – *there was no choice*
drewi – *to stink*
dros ben llestri – *over the top*
drudfawr – *very expensive*
drutach – *more expensive*
drych – *mirror*
drysu – *to be confused, to confuse*
düwch – *blackness*
dwrn – *fist*
dychwelyd – *to return*
dychymyg – *imagination*
dysgl – *dish*
dyweddi – *fiancé(e)*

edrych i fyw llygaid – *to look directly into the eyes*
egni – *energy*
eiddew – *ivy*
eiddil – *weak*
eirin tagu – *sloes*
enw cryno – *shortened name*

erchyll – *horrible*
ergyd – *impact*
esgyrn – *bones*
estyn – *to reach*
euog – *guilty*
euraid – *golden*
ewyllys – *will*

fel cath i gythral – *like a bat out of hell*
fel pìn mewn papur – *clean and tidy, spick and span*

ffafr – *favour*
ffedogau – *aprons*
ffrae – *row, argument*
ffrwydriad – *explosion*
ffwrdd-â-hi – *slap-dash*
ffynnon – *well*
ffyrnig – *fierce*

galwad frys – *emergency call*
gerllaw – *nearby, near*
gloyw – *shining*
glynu – *to cling, to stick*
gobeithiol – *hopeful*
golygu – *to mean*
golygus – *handsome*
gorfodi – *to force*
gorfwyta – *to overeat*
goriad – *key*
gorlawn – *overflowing*
gorymateb – *to overreact*

griddfan – *groan, to groan*
gryg – *hoarse*
gwaedd – *shout, cry*
gwallgo – *crazy*
gwas – *servant*
gwasgod – *waistcoat*
gwastraffu – *to waste*
gwawr – *dawn*
gwawrio – *to dawn*
gwefr – *thrill*
gweithio ar ei liwt ei hun – *to work freelance*
gwelw – *pale*
gwendid – *weakness*
Gweplyfr – *Facebook*
gwesteion – *guests*
gwibio – *to fly by*
gwichian – *to squeak, to squeal*
gwingo – *to wince*
gwneud iawn am – *to make amends for*
gwneud môr a mynydd – *to make a great to-do*
gŵr bonheddig – *gentleman*
gwresog – *very warm*
gwthio – *to push*
gwybod ei hyd a'i led – *to know the extent of him/it*
gynnau – *a short while ago*

hambwrdd – *tray*
hawl – *a right*
hel meddyliau – *to ponder, to be melancholic*
herciog – *jerky*
hiraeth – *longing*

hirsgwar – *rectangular*
hongian – *to hang*
hufennog – *creamy*
hunanymwybodol – *self-conscious*
hurt – *foolish*
hwran – *whore*
hyder – *confidence*
hyderus – *confident*

i'r dim – *perfect*
is – *lower*
israddol – *inferior*

joch – *a draught, a mouthful*

lafant – *lavender*
lawnt – *lawn*

llac – *slack*
lladron – *thieves*
lladd – *to kill*
llafn – *blade*
llanast – *mess*
lle chwech – *toilet*
lled y pen – *wide (open)*
lletchwith – *awkward*
llithro – *to slip*
llofrudd – *murderer*
llogi – *to hire (out)*
llond ei groen – *robust, plump*
llonydd – *peace*

llwncdestun – *a toast*
llydan – *wide*
llyfn – *smooth*
llygaid llo bach – *puppy dog eyes*
llygoden fawr – *rat*
llymaid – *a draught, a mouthful*
Llys Ynadon – *Magistrates' Court*
llyw – *steering wheel*

mabwysiadu – *to adopt*
maes – *field of expertise*
magu pwysau – *to put on weight*
main – *biting (of wind)*
manylion – *details*
marmor – *marble*
materol – *material, physical*
meddiannol – *possessive*
meddw dwll – *very drunk*
meistr – *master*
mewn hwyliau – *in the mood*
miri – *high spirits*
modrwy ddyweddïo – *engagement ring*
moethus – *luxurious*
mwclis – *necklace*
mwya sydyn – *all of a sudden*
mwytho – *to caress*
mynadd Job – *the patience of Job*
mynnu – *to insist*

napan – *nap*
neges destun – *text*
nenfwd – *ceiling*
niwlog – *vague, foggy*
nwyddau – *goods*
nythu – *to nestle, to nest*

o fwriad – *intentionally*
o'i gorun i'w sawdl – *from his head to his toes*
ochenaid – *sigh*
ochneidio – *to sigh*
oeraidd – *cold, frosty*
oerni – *cold(ness), chill*
oriau mân – *early hours*
osgoi – *to avoid*

Paid â malu! – *Don't talk nonsense!*
parch – *respect*
parchus – *respectable*
pelydrau – *rays*
penbleth – *quandary*
penderfynol – *determined*
penysgafn – *dizzy, light-headed*
perchennog – *owner*
perffeithio – *to perfect*
persawr – *perfume*
petrusgar – *hesitant, cautious*
picio – *to pop over*
pigog – *prickly*
pinnau bach – *pins and needles (prickling sensation)*

plu – *feathers*
poeri – *to spit*
porthi'r pum mil – *to feed the five thousand*
powdrog – *powdered*
pres – *money*
prin – *scarcely*
prowlan – *to prowl*
pryfocio – *to provoke*
pryfoclyd – *provocative*
pwrpasol – *purposeful*
pwysau gwaed – *blood pressure*
pwysleisio – *to emphasize*
pymtheg y dwsin – *nineteen to the dozen*

rhacs jibidêrs – *tatters, smithereens*
rhaeadr – *waterfall*
rhannu cyfrinachau – *to share secrets*
rhoi ar waith – *to put into motion*
rhoi genedigaeth – *to give birth*
rhwyd – *net*
rhyddhad – *relief*

saib – *pause*
sanctaidd – *holy*
sawdl – *heel*
sboncio – *to spring, to skip*
sefyllfa – *situation*
segur – *unoccupied, idle*
seimllyd – *greasy*
seren wib – *shooting star*
sglein – *shine, sheen*

sgleinio – *to shine*
sgrialu – *to scramble, to scurry*
sgubo – *to sweep*
sibrwd – *to whisper*
sigledig – *shaky*
siglo – *to sway*
simsan – *unsteady*
siwgwraidd – *sugary*
siwrnai – *journey*
slwj – *sludge*
snobyddlyd – *snobbish*
sobri – *to sober up*
sownd – *stuck*
stelcian – *to lurk*
strach – *bother, difficulty*
styfnig – *stubborn*
suddo – *to sink*
swatio – *to snuggle*
swp sâl – *awfully ill*
swta – *curt*
sylw – *attention*
syllu – *to stare*
symudiad – *movement*
syndod – *astonishment*
synnu – *to surprise, to be astonished*
synnwyr – *sense*

taflu llwch i lygaid – *to mislead*
tagu – *to choke, to cough*
talu'r pwyth yn ôl – *to pay back, to retaliate*
tanlinellu – *to underline*

tawelwch meddwl – *peace of mind*
teneuach – *thinner*
toddi – *to melt*
trefniadau – *arrangements*
troedio – *to tread*
troi ei stumog – *to turn his/her stomach*
trosglwyddo – *to transfer*
trwchus – *thick*
trywanu – *to pierce*
twrnai – *lawyer*
tylluan – *owl*
tyner – *tender*
tynnu dŵr o'i ddannedd – *to make his mouth water*
tynnu stumiau – *to pull faces*
tynnu'n groes – *to be awkward or contrary*

uffernol – *terrible, awful*
unigryw – *unique*
urddas – *dignity*

wrth lwc – *luckily*
wsti (wyddost ti) – *you know*

yfed ar ei dalcen – *to drink in one go*
yli – *look*
ymarferol – *practical*
ymdopi – *to cope*
ymdrech – *effort*
ymdrechu – *to attempt*
ymddwyn – *to behave*
ymddygiad – *behaviour*

ymestyn – *to stretch*
yn ddigon mawr i alw 'chi' arni – *larger than expected*
yn glep – *with a slam*
yn ôl ei olwg o – *by the looks of him*
yn y niwl – *in the dark [about something] (lit. in the fog)*
ynad heddwch – *justice of the peace*
ysbryd – *ghost*
ystrydebau – *clichés*
yswiriant – *insurance*